Bülent Gardiyanoğlu

HER ŞEY HAKİKATİ GÖRMEKLE BAŞLAR

Bir tekâmül yolculuğu...

DESTEK yayınları

DESTEK YAYINLARI: 579
KİŞİSEL GELİŞİM: 143

HER ŞEY HAKİKATİ GÖRMEKLE BAŞLAR / BÜLENT GARDİYANOĞLU

İmtiyaz Sahibi: Yelda Cumalıoğlu
Genel Yayın Yönetmeni: Ertürk Akşun
Yayın Koordinatörü: Özlem Esmergül
Editör: Devrim Yalkut
Kapak Tasarım: İlknur Muştu
Sayfa Düzeni: Cansu Poroy
Sosyal Medya-Grafik: Tuğçe Budak

Destek Yayınları: Temmuz 2015 (5.000 Adet)
6.-9.Baskı: Ağustos 2015
10.Baskı: Aralık 2015
11.Baskı: Ocak 2016
12.Baskı: Nisan 2016
13.Baskı: Haziran 2016
14.Baskı: Ağustos 2016
15.Baskı: Kasım 2016
16.Baskı: Aralık 2016
17.Baskı: Şubat 2017
18.-19.Baskı: Nisan 2017
20.-21.Baskı: Eylül 2017
22.-23.Baskı: Aralık 2017
24.Baskı: Mayıs 2018
25.Baskı: Ağustos 2018
Yayıncı Sertifika No. 13226

ISBN 978-605-311-006-4

© Destek Yayınları
Abdi İpekçi Caddesi No. 31/5 Nişantaşı/İstanbul
Tel.: (0) 212 252 22 42 – Faks: (0) 212 252 22 43
www.destekdukkan.com – info@destekyayinlari.com
facebook.com/DestekYayinevi
twitter.com/destekyayinlari
instagram.com/destekyayinlari

Deniz Ofset – Nazlı Koçak
Sertifika No. 40200
Maltepe Mah. Gümüşsuyu Cad.
Odin İş Mrk. B Blok No. 403/2
Zeytinburnu / İstanbul

Bülent Gardiyanoğlu

HER ŞEY HAKİKATİ GÖRMEKLE BAŞLAR

Bir tekâmül yolculuğu...

DESTEK yayınları

İÇİNDEKİLER

Her şey hakikati görmekle başlar…
Ve biz uykuya devam etmekle uyanmak arasında
bir seçim yaparız…
Bu seçim bazen bir ömür sürer,
bazen bir ömür bile yetmez…

Dibe vurduktan sonra, "Neden ben?" sorusunu sorabilmemiz bizim için bir hediyedir. Hayatta nerede olduğumuzu bilmek ve rotamızı buna göre yeniden düzenleyebilmek için bir başlangıçtır…

Bu dünyada size verilen sınırlı nefesinizi ve sınırlı kalp atışınızı, bu dünyadan giderken yanınızda götüremeyeceğiniz şeyler için harcamayın.

GİRİŞ

Bu kitapta okuyacağınız her şey sadece kendi farkındalıklarımla paylaşmaya çalıştığım, ancak kendi tekâmülüm kadarıyla olan bilgilerdir.

Her şeyin en doğrusunu bir tek Allah bilir.

Yıllar önce çıktığım içsel yolculuğumda birçok deneyimler, gözlemler yaşamaya başladım.

Dünyanın birçok yerini ziyaret etme şansım oldu.

Seyahatlerimde birbirinden güzel içsel yolculuğu yapmakta olan hayırlı insanlarla tanışmak da şükürler olsun ki nasip oldu. Her birinde bir parçamı buldum. Onları gözlemledikçe kendi içimdeki parçalarımı şifalandırmaya çalıştım. Ne kadar başarılı olduğumu bir tek Allah bilir.

Bu kitap ve yazdığım diğer üç kitap da aslında birçok kişi aynı soruları sorduğu için cevap mahiyetinde yazdığım kitaplardı.

Uyanma aşamasında, yani hayatın dış dünyada değil de içdünyamızdaki yansımasında olduğunu fark etmeye başlamadan önce hepimizin geçtiği bir süreç var.

Bu süreç benim hayatımda oldukça sancılı geçti diyebilirim.

İlk başlarda hep isyan ederiz ve şu sorularla uyanmaya başlarız. "Neden ben?" "Neden hep de benim başıma gelir?" "Ben bunları hak edecek ne yaptım?" "Bu dünyada neden bir tek benim başıma bu dertler geliyor ve neden diğer herkesin keyfi yerinde?"

Bu kitapta anlatmak istediğim bir tek senin başına gelmiyor. Seyahatlerimde binlerce kişi ile sohbet etme fırsatım oldu. Herkesin derdi aynı, sadece ülkeler, şehirler ve kişiler farklı. Size tekrar hatırlatmak istiyorum. Yalnız olduğunuzu düşünmekten vazgeçmelisiniz.

Her seminerden önce ısrarla söylediğim birkaç sözü kaleme almak istiyorum.

Herhangi bir konunun uzmanı, ustası, mastırı değilim. Herhangi bir konuda iddiam da yok. Elimde sihirli bir değnek ile dokunup mucizeler de yapmıyorum. Tek yaptığım kendi içime olan yolculuğumda yaşadıklarımı, fark ettiklerimi sizlerle paylaşabilmek. O da kendi idrakim kadarıyla. Daha ötesini bilmiyorum.

Bu hayatta herkes öğretmen ve herkes öğrenci. Dersi nereden alacağımızı hiçbir zaman bilemeyiz.

Hayat güzelliklerle dolu. Görebilmek aslında bizim elimizde. Yeter ki zihnimizin içindeki, kendini çok gerçekçi gösteren sahte düşünce oyunlarından çıkabilelim.

***

Hepimiz fiziksel dünyanın kuralları ile yaşıyoruz. Bu kurallar içerisinde en önemlisi beş duyu organımız ile algıladığımız dünya. Zamanla fark ettim ki, beş duyu ile hakikati keşfedemezsiniz. Sınırlarını kendinizin çizdiği bir bahçenin içinde döner durursunuz. Ona da inanır veya inanmazsınız. Kendinizin ötesine geçmedikçe, Allah'ın hakikatini hissedemezsiniz, fark edemezsiniz.

Tek kurtuluş Kuran ve yaşamımızda bize yol gösterebilecek olan sahih hadisler olduğunu, bunlar dışındaki her yolun sizi dolandıracağını, oyalayacağını, çıkmaza sokacağını uzun yıllar sonra fark edeceksiniz.

Dünyevi değerlere tutunduğunuz sürece beş duyunun ötesine geçemezsiniz.

Öteyi bilmediğiniz sürece anlatılan kadarını gerçeğiniz olarak kabul edip, hayatınızı büyük bir oyun sahasında kendinizi sürekli güvence altına almaya çalışarak geçireceksiniz.

Her şey hakikati görmekle başlar... Peki hakikati nasıl görmeye başlayacağız?

Şu an içinde bulunduğunuz duygularınızın, korkularınızın, endişelerinizin, bağımlılıklarınızın ve beklentilerinizin farkına varmakla ilk adımı atabilirsiniz. Bu duygu halleri sizi sisteme bağımlı kılar...

Bedenli ve bedensiz vesvese verenler dilediği oyunları oynasınlar, siz Allah'a emanet olduğunuz ve beş duyunuzun ötesinde size bahşedilen armağanlarınızı kullanmaya başladığınızda hakikate doğru adım atmaya başlarsınız.

Hakikate adım atmaya başladığınızda bugüne kadar size oynanan oyunları görmeye, hak ile batıl arasındaki farkı hissetmeye ve içinde bulunduğunuz sahte dünyadan çıkıp hakikat dünyasına adım atmaya başlarsınız.

Okuyacağınız bu kitapta hakikate yolculuğumun ilk adımlarını ve içsel gelişimim boyunca yaşadıklarımın yansımalarını bulacaksınız.

Niyet ediyorum, bütüne şifa olsun.

Beş duyunuz dışarıdan yönetilebilir.

Bu şekilde yaşadığınız sürece sistem sizi uyutmaya devam eder. Bir tek beş duyunuzun ötesine geçerek Allah'ın hakikatine ulaşabilirsiniz…

Aradığınız cevapları bulduğunuzda,
bulduğunuz cevapların hakkı sadece size ait değil,
o cevabı arayan herkese aittir.

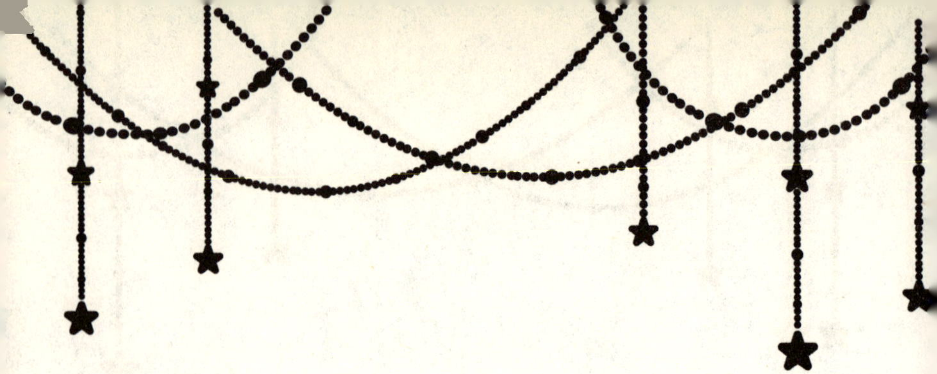

DÜŞÜNMEYE BAŞLAYINCA...

Uzun yıllardır hep şu sorulara cevap aradım:

Acaba biz bu dünyaya sadece yemek yemeye, garanti bir işe girip çalışmaya, ay başında maaşlarımızı alıp sesimizi çıkarmadan korkuyla yaşamaya, çoğalmaya ve ölmeye mi geldik?

Bu düşünceler içinde boğuşurken ara sıra çevreme bakar, yaşadığımız dünyayı dışarıdan sessizce izler, sonra da başımı göğe kaldırıp uzayın sonsuz derinliğini düşlemeye çalışırdım.

Bir süre için düşlerim de düşüncelerim de dağılır giderdi aklımdan, hayatın sürüp giden sözde gerçekleri kalırdı.

Benim de herkes gibi çok çalışmam, okumam, kendimi geliştirmem, geleceğimi düşünmem, garanti bir işe girmem, evlenmem, ev satın almam, çocuk sahibi olmam gerekiyordu. Çünkü bana dayatılarak öğretilenler bunlardı. Tıpkı size de dayatıldığı gibi...

Ayrıca iyi insan da olmam gerekiyor. Dürüst olmalıyım, kendimden başka herkesi mutlu etmeliyim... Sonra para da biriktirmem önemli. Mal mülk edinmeliyim, varlığımı başkalarına kanıtlayabilmem için işimde başarı göstermeliyim, korkularımı gizlemek için mükemmeliyetçi olmalıyım. Başkalarını kırmaktan, üzmekten korkup sözleri hep içime atmalıyım. Böyle susup da içime atmaya devam ettiğim zamanlar ne olurdu biliyor musunuz?

Hastalanırdım!

İnsanların kendilerince "doğru" buldukları şeyler, kafamın içinde yer bulmuş ve hayat serüvenimde "yol haritam" olmuşlardı. Başkalarının çizdiği hayatı, başkalarının yönlendirmelerini yaşayarak hayatıma devam ettim. Kendimden başka herkesi mutlu ettim. Kendimden başka herkese faydam oldu.

Gel gör ki kendime faydam olmadı!

Mutlu olduğumda ve hayatımda her şey yerli yerine oturduğunda, Yaradan'ı unuttuğumu, ibadetimi ertelediğimi, darda ve sıkıntıda bulunduğum zamanlardaysa Yaradan'a daha çok sarıldığımı fark ettim. Dışarıdan bakıldığında hayatımla ilgili her konuda kendi kararlarıma göre hareket ediyormuşum gibi görünse de aslında içeride durum çok farklıydı. Herkeste olduğu gibi benim için de başkalarının doğruları, tavsiyeleri kendi fikirlerimden çok daha önemliydi. Çünkü fikir başkasına aitse eğer, ödeyeceğim bedelin sorumluluğu da başkalarına ait olacaktı...

Bu açıdan bakıldığında sanırım ben de yeterince cesur olamadım.

Aslında kendi hayatımı yaşamadığımı fark ettim. Başkalarının hayatını yaşıyordum. Böylece başkaları beni onaylayacak, dışlamayacak, bana daha çok değer verecek diye düşünüyordum. Çünkü hayatımın büyük kısmını "Acaba insan ne diyecek?" kaygısıyla yaşamıştım.

"El âlem ne der?" korkusu hayatınızı size ve ailenize

zehir eder. Başkalarını mutlu etmek için kendi özgürlüklerinizden feragat edersiniz.

"Olmanız gereken" kişi değil, "onların olmanızı istedikleri" kişi olursunuz.

Ben de bu hatayı yaptım... Elbette yaşadığım hiçbir şeyin hata olduğunu düşünmüyorum. Her biri önemli deneyimlerdi benim için. Yaşadım ve dersimi aldım. Kendi seçimlerimi kendim yapmayı ve hayatımın sorumluluğunu üstlenebilmeyi seçtim.

İÇİMİZDEKİ SES BİZİ BİRÇOK KEZ UYARDI

İçsel yolculuğum boyunca hissettiğim tatlı ve huzurlu bir ses ara sıra beni uyarmaya devam etti:

"Sen bu dünyaya kök salmaya, çoğalıp yayılmaya, yemek yemeye, rahat ve garanti bir hayat yaşamaya gelmedin! Bu hayatın içinde başka gizemler, sorulması gereken sorular ve bulunması gereken cevaplar var. Yaşadığın hayatı sorgula!"

Bu sesi her duyduğumda içime dönüyor, hayatın gizemlerini merak ediyor, gördüğümün gerisinde neler olabileceğini merak ediyor ve bunları öğrenmeye çalışıyordum.

Hayatın görünen gerçekleri dışında başka ne var?

Yaşamı bize öğreten ne? Düşünmekte, üretmekte, harekete geçmekte, seyahat etmekte ne kadar özgürdüm?

Hayatı sorgulayışım sürüp gidiyordu...

Kafamın içerisinde bir ses sürekli konuşur ve beni kendi içimde büyük bir girdabın ortasında dolandırırdı. Her konuda kendimi sürekli erteler, yetersiz görür ve daha başlamadan başaramayacağıma inandığım için zaten başlamazdım. Ayrıca o işe başlayıp başarsam da beni kim beğenirdi ki? Kim onaylardı ki yaptıklarımı?

İşte bu kaygılarla, bu vesveseyle yıllarca kendimi ve yapabileceğim işleri erteledim.

Hayatım yine kendini tekrarlamaya başlar, daha önce deneyimlediğim bütün olayları yeniden yaşamaya başlayınca aklıma Allah'a el açıp dua etmek gelirdi:

"Ey büyük Allah'ım! Seni hatırlamak için, sana ulaşmak için, senin varlığını hissedebilmek için ne yapmalıyım?"

Bu soruyu kendime sorduğumda, "Allah'ım senin hakikatini öğrenmek istiyorum... Doğruları ve bu dünyaya neden geldiğimi istiyorum..." dediğimde, hayatım karışıyordu. Yerli yersiz problemler ve beni şaşırtıp yoran sıkıntılar geliyordu hayatıma... Mesela kıt kanaat artırarak biriktirdiklerim ansızın gidiyordu elimden. İşyerinde yıllarca çalışarak terfi alma aşamasına gelmişken, bir başkası ansızın üstüme gelip yöneticim oluyor, bütün çabam boşa gidiyordu.

Bütün bu olanlara anlam vermem çok zordu...

Bu dünyada hayatımı oturtmaya çalıştığım yol ile niçin Allah'ın yolu aynı yol olamıyor?

Sorumun yanıtına ulaşabilmem yıllarımı aldı...

Durum gerçekten ilginçti. Çünkü ben herkes için ve kendim için hayırlı dualar ettiğimi sanırken, aslında mal mülk, dünyevi işler için dua ettiğimi zamanla fark ettim. Sonradan da aslında ilahi bir yol bulmaya çalışırken, dünya işleri için uğraştığımı... İşte o noktada anladım ki Yaradan, kulunun uyanma vakti geldiyse, dünyaya tutunduğu her şeyini elinden bir şekilde alıyor veya uzaklaştırıyor.

Dünyaya ait olan şeyleri kendimize ait sanıyoruz. Oysa her şey, bize emanet... Bedenimiz bile emanet.

Hatırlamak güç de olsa aslında uyanışın ilk adımı ne için dua ettiğimizi bilmekle başlar... Ne istediğimizi iyi anlamak!

Sorunlarımız çözülsün, sıkıntılardan kurtulalım, rahat bir hayat içerisinde yaşayalım diye dua edip durmuşuz. Her şeyi dışarıda aramışız. Her şeyi sorun olarak görüp, hayatımızdan bir an önce çıkarmak için çabalamışız. Sorunların bize ne anlatmaya çalıştığını, ne olduğunu amaç edinenlerin uyanma vakti geldiğinde, ellerindeki bütün dünyalıkları tek tek gidiyor. İnatçıların da başlarına gelmedik kalmıyor. Dünyalıklar sadece emanet... Bu dünyaya gelişimiz tesadüf değil... Yapmamız gerekenlerin ne olduğunu bulmamız gerekiyor.

"Allah'ım yaşam amacımı kolaylıkla ve sağlıklı bir şekilde bulabilmeye niyet ediyorum."

ÜZÜLMEMEK ELDE DEĞİL

Rotamı dışarıdan içdünyama doğru çevirirken ister istemez üzülüyordum. Çaresiz kaldığım, kendime ve başkalarına yardımcı olamadığım, çözüm üretemediğim hissine kapılıyordum... Bağırıp çağırsam beni kim duyacak? Gücüm bunları düzeltmeye yetmez. Ya isyan ediyor ya da kurban gidiyordum.

Benim gibi düşünen yüz binlerce insan var...

"Neden bir araya gelemiyoruz? Neden sevgimizi, dualarımızı birleştirip, bütün kâinatın iyiliğine odaklayamıyoruz? Hepimiz bir köşede dünyalıklar peşinde koşarken helak olmuşuz. İnsanoğlu ne zaman kendine gelecek ve içerisindeki illüzyondan çıkacak?"

Bu soruları kendime soruyorum.

Sonra zihnim yine vesveseyle devreye girip korkular üzerinden, dünyalıkların peşinde koşma güdüsüyle harekete geçiyordu. Benim çalışmam lazım, borçlarımı ödemeliyim. Bu işleri ben yapmazsam kim yapacak?"

Çark bu noktaya kilitlenerek kendi yerinde sayarcasına sürekli dönüp duruyor. Uykudaki insan kabuğundan çıkmaya cesaret ettiğinde doğal olarak birtakım sıkıntılar yaşıyor. Tutunduklarını bırakamıyor. Güvencede olmak hissinden, garanti iş, garanti ilişki, garanti emeklilik, sağlam mülkiyetlere tutunmak güdüsünden kolayca kurtulamıyor.

Bunu hepimiz yaşıyoruz. Sabah gözünüzü açtığınızda aklınıza önce "Bugün ne yapacağım?" düşüncesi geliyor. Okuldaki ya da işyerindeki meseleler, konu komşu, belki okul işleri geliyor...

"Ne yapacağım? Nasıl olacak?"

Gün bitiyor, yatağa uzanıyorsunuz ve zihniniz durmadan konuşmaya devam ediyor. Dert, stres, sıkıntı, hastalıklar, affedemedikleriniz, kızdıklarınız, geçmişiniz, bugününüz, geleceğiniz vs... Bütün bunları düşünmekten dolayı zihin artık dolup taşıyor, kabına sığmıyor...

Çok düşünüyoruz ve günün sonunda yaptığımız pek de bir şey yok...

Hep aynı yakarış:

"Allah'ım sana ulaşmak bu kadar mı zor? Bu dünyada herkesin keyfi yerinde de bir tek benimki mi bitmeyen sorun? Neyin içindeyim böyle?"

Oysa terbiyeli bir kalbin duası şudur:

"Allah'ım seni arayanlarla ve seni bulanlarla buluşabilmeyi nasip et."

BEDENDE ÖZGÜR, ZİHİNDE HAPİS

Bir insan özgür olduğu halde kafasının içinde nasıl hapsolur?

Hayat bizi öyle bir noktaya getirdi ki, zihinlerimizin içindeki hapishanede yaşıyoruz...

Yıllarca duygularınızı söyleyemediniz, düşüncelerinizi ifade edemediniz. İnsanlar hakkınızı yedi, sesinizi çıkaramadınız. Sizi üzdüler, kırdılar, belki gereksiz yere övdüler, üzerinize gereğinden fazla yükler yıktılar. Sizi farklı uçlara izniniz olmadan çektiler. Kendi fikirleri doğrultusunda sizin yaşamınızı yönlendirmeye çalışıp bazı durumlarda yanlışa düşmenize neden oldular. Büyük ihtimalle olan bitenin siz de farkındaydınız ama sesinizi çıkarmamayı tercih ettiniz. Nasıl olsa herkes zaten aynı şeyi yapıyor ve susmaya devam ediyor...

Bazen cesaret sahibi olamamak büyük ıstırap...

Evinizden çıktınız, yol boyunca düşünüyorsunuz, düşünüyorsunuz, hep düşünüyorsunuz...

"O nasıl olacak, bu nasıl olacak?"

Sürekli düşünce, sürekli sıkıntı...

Ben de aynı yakarışlı süreçlerden geçtim. "Allah'ım!" diyordum. "Nasıl bir hayattır bu? Kafamdaki sesleri susturamıyorum. Dua ederken bile araya ödemeler, taksitler giriyor..."

İnsanların bana yaptığı haksızlıkları düşünüyordum. Takılıp kaldığım olumsuz olaylar aklıma geliyor, birçok şey zihnimi meşgul ediyor. Bunları yaşarken durmadan kendi kendime söyleniyorum.

Toplumun bana gösterdiği hakikate –çünkü bu hakikati kabullenirsem, daha rahat edeceğimi düşünüyorum– dönüp bakıyorum da; ve de hayatıma; gece gündüz çalışmışım, hiç durmadan çalışmışım.

Neden?

Çünkü çok çalışırsam her şeyin yoluna gireceğini düşünüyordum. Öyle söylemişlerdi ve bu dünyaya geldiğimde herkesi böyle düşünürken ve böyle yaşarken buldum.

Moralim sürekli bozuluyordu ve yazık ki bir süre sonra hayatıma yeni sorunlar eklenerek eskilerini unutturuyordu.

"Allah'ım ben bunları hak etmedim! Ben bunları hak edecek ne yaptım? Neden bunlar başıma geliyor?"

Dua et, dua et...

Neyin duasını ediyorum?

Tabii ki işlerin, olayların, paranın, başarının, insanların, dünyalıkların duası...

Uzun zaman sonra dualarımı değiştirmeye başladım...

"Allah'ım bana senin hakikatini göster. Doğru ile yanlışı ayırt edebilmeyi nasip eyle..."

YARIŞI KAZANMAYA GELMEDİN, *HER ZAMAN BİR NUMARA OLMAK ZORUNDA DEĞİLSİN!*

O tatlı ve huzurlu ses ara sıra beni ziyaret etmeye devam ediyordu yolculuğum süresince:

"Bu hayata bir numara olmaya gelmedin, mal mülk kazanmaya gelmedin. Bu gezegende misafirsin" diyordu bana...

Tamam ama o zaman neden geldim bu hayata?

Bir şeylerin sırrını çözmeye, tekâmül etmeye, arınmaya ve ruhumu Yaradan'a nasıl ulaştırabileceğimin yollarını bulmaya mı?

Sorgulayışım bu şekilde sürüp gidiyordu:

"Bu hayat gerçekten saçma. Ne yapıyorsun? Bu kadar çok çalışınca ne olacak? Hep verici olduğun sürece çalışırsın lakin hiçbir şey elde edemezsin... Farkında değil misin? Kendi tekâmülün için vakit ayırmıyorsun. Bir bak bakalım gidenler yanlarında neyi götürebildiler? Güzel ameller dışında hiçbir şey!"

Bu dünyadaki malın mülkün her şeyin yalan olduğunu fark edip, hayat koşturmacasından koptuğumda ne oluyordu biliyor musunuz?

Bu kez de işlerim kötü gitmeye başlıyordu.

Tutunduklarım elimden kayıp gidiyordu. Ödemelerimde sorunlar çıkıyordu. "Aman!" diyordum kendime. "Bırak bunları! İlahi konuları yaşlandığında düşünürsün; çok çalışman lazım! İleride ibadet edersin... Şimdi çalışma zamanı... Ne yaparsan gençken yapacaksın. Para kazanma dönemindesin. En verimli çağındasın. Git ve hayatını yaşa. Bol bol çalışıp yatırım yap. Yaşlandığında kimseye muhtaç olma!" diyerek kendime telkinde bulunup yine derin bir uyku haline geri dönüyordum. Korkuyla, vesveseyle...

Bir uyanıp bir uykuya daldığım dönemlerdi...

Her defasında film hep başa sarıyordu ve ben kendimi kime kanıtlamaya çalıştıysam, her şeyi yüzüme gözüme bulaştırıyordum.

Kendimi birilerine ispatlamaya çalışmanın, içsel güvensizlik olduğunu sonunda fark ettim. Ben ne yaparsam yapayım, insanlar ne demek isterlerse onu diyeceklerdi zaten...

Bir numara olmaya çalışmıyorum, kendimi ispatlamaya çalışmıyorum ama bütünün hayrına hizmet etmeye canıgönülden çalışıyorum...

Takdir Allah'ın...

Gerisi boş...

ACABA KİM KİME YARDIM EDİYOR?

Geçmişe dönüp baktığımda ilginç şeyler fark ettim!

"İnsanlara cevap verirken cevaplar, başkalarına yardımcı olurken geliyor..."

İlişkimle ilgili endişelerim olduğu bir dönemde ilişkileriyle ilgili sorunlar yaşayan insanlar mutlu olmadıklarını, anlaşamadıklarını, ayrılmak istediklerini söylüyorlardı. Ben de onlara içimden hep, "İlişkimi bile yoluna koyamıyorum, size nasıl yardımcı olayım? Neden geliyorsunuz hayatıma?" diyerek tepki gösterirdim.

İlişkilerine çözüm bulmaya başladıkça fark ettim ki onlara aslında benim de ihtiyacım olan cevapları veriyorum. ONLARA VERDİĞİM ÇÖZÜMLER ASLINDA BENİM KENDİ SORUNLARIMIN DA ÇÖZÜMÜ!

Çok ilginç!

Maddi sorunlarımın olduğu dönemlerde, hayatıma yine maddi sorunlardan insanlar geldi...

Konsantrasyon sorunu ya da sağlık problemi yaşadığım dönemlerde de aynı şeyler oldu. Ben mi onları çektim, onlar mı hayatlarına beni çektiler, yoksa buluşturulduk mu? Bilemem...

Her şeyi Allah bilir...

Zihnimde hangi düşünce ya da problemler varsa, o problemleri yaşayan insanlarla karşılaştım her zaman.

OLUMSUZLUKLARI HAYATIMIZA BİZ Mİ ÇEKİYORUZ?

İçsel yolculuğumun ilk zamanlarında, hayatımıza olumsuzlukları kendimizin çektiği hakikatinin altında yatan bilgeliği anlayamadım. Fakat daha sonra hayatımdaki insanların bana ders vermek üzere görevli geldiklerini ve aslında her birini hayatıma benim çektiğimi fark ettim.

Bu insanları hayatıma kendim çekiyorsam, o halde olumsuzluklar içinde yaşayan insanları da kendim çekiyor olmalıyım!

İşte bu noktada egom ve mantığım devreye girdi:

"Saçmalama! Hayatın birtakım gerçekleri var. Sen düzgün ve namuslu bir insansın ama onlar öyle değiller..."

İçimdeki mekanizma beni haklı çıkarmak için hemen devreye girdi:

"Hayatımdaki güzellikleri ben çektim. Kötü olanlarsa haksızlıklardı. Ben çekmedim! Onlar gelip beni buldu."

Egomuz bu tür oyunlar oynamayı sever. Ya kendimizi ya da başkalarını suçlamamız konusunda oldukça başarılı deliller toplayabilir.

Size küçük bir örnek vereyim:

Sınavlarda yüksek not alan öğrenciler, kendi yoğun

çalışmaları sonucu bu başarıyı elde ettiklerine inanırlar. Yüksek not almayı azimle ve çalışarak kendi başlarına hak etmişlerdir. Oysa düşük not aldıklarında suçlu olan kişi öğretmenleridir. "Öğretmen bana taktı, bu yüzden not vermedi" yargısına sığınarak, sorumluluğu üzerlerinden atarlar.

Uzun süre bunun direnişini yaşadım.

"Allah'ım neden benim hayatıma kötü insanlar yolluyorsun? Dürüstüm, namusluyum, çalmadım, çırpmadım..." diyordum ama nedense hayatıma hep olumsuzluklarla dolu insanlar geliyor...

Zihnimden kimin için ne dilediysem, her biri benim hayatımın gerçeği oldu!

"Allah herkesten razı olsun, hepimizi hidayete erdirsin, her iki cihanda da saadeti nasip eylesin. Herkesi oldukları gibi kabulleniyorum, seviyorum ve herkesle barış içerisindeyim..."

ARTIK UYAN!

Sonunda gerçeği kendime itiraf ettim:

"Uyan, uyan! Bunların altında hep senin yaydığın korku, endişe ve beklenti enerjisi var. Bunlardan arınabilmek için önce fark etmelisin, kabule geçmelisin ve çözebilmek için adım atmalısın... Uyanmalısın..."

Uyanmak ne demek?

Bunu anlamam uzun zaman aldı...

Kendime birçok kez şunu söyledim:

"Zaten uyanığım; sabah kalktım, dişlerimi fırçaladım, kahvaltımı yaptım..."

Ah insanoğlu bir bilse keşke...

Gerçekten uyurgezer haldeyiz!

Evet, sabah kalktınız, kahvaltınızı yaptınız ama daha işe giderken korku, endişe, içsel hesaplaşmalarınızla yaydığınız sinyalleriniz var... Farkında olmadan bunları yaşıyorsunuz.

İşin ilginç yanı zihninizdeki korkulara hapsolduğunuzun farkında bile olmayıp kendinizi her şeye rağmen özgür sanmanız!

Kafamın içinde kök salarak bütün yaşamımı kuşatmış olan korkularımın bir kısmı atalarımdan bana geçenler, diğer bir kısmı da geçmiş deneyimlerimden ya da gözlemlerimden kendimce edindiklerim.

Şimdiki farkındalığımla geçmişte yaşadığım olayları düşündüğümde, beni dolandıran kişiyi neden hayatıma çektiğimi anlayabiliyorum. Allah'a ettiğim duaların çoğunun neden karşılık bulmadığıyla ilgili hakikatin farkındayım. "Kötü" dediğim insanların benim hayatıma neden geldiklerinin farkındayım. Kızdığım olayların benim hayatımda neden yaşandığının farkındayım. Çok acı ama gerçek... Bunların hepsinin farkındayım.

Ne yapacağımı bulmak için, çıkış yolu arayışındayım.

Fark etmek, uyanmaya başlamanın birinci basamağı... Zihninizdeki düşüncelerin, hayatınıza çektiğiniz insanlar ve olaylarla ilgili olduğunu anlayabilmeniz uzun bir yolculuğun başlangıç noktasıdır.

Uzun süredir sıkıntı yaşıyorsanız bu süreçlerde kabule geçmek sizi oldukça zorlayabilir. Yorgunluğun ve ruhsal bıkkınlığın verdiği stresle bu sorunların hemen çözülmesini isteyebilirsiniz. Gayet doğal... Ben de sorunlarımı yaşamayı reddederek hemen çözülmelerini bekledim.

Lakin bu süreçte sabırlı olmak gerek fakat sabır dilemeden...

Kendiniz için sabır dilemek, yaşadığınız sorunlara yenilerinin eklenmesini beklemektir. Sabrınızın sınırlarını genişletebilmek için sabretmeniz gereken daha fazla sorun beklediğiniz mesajını yayarsınız. Sabır dileyerek, "Allah'ım bana daha çok sorun ver ki ben de sabrımı sınayabileyim..." dersiniz.

Sıkıntılar içindeki insan ister istemez direnir. Yaşadıklarımız aslında yaydığımız sinyaller ve seçimlerimizle ilgili... Bir kısmı da yazgımız!

Oysa Yaradan'a giden yolda, bazı küçük ara yollar ve patikalar olduğunu da fark ettim zamanla.

Peki bu ara yolları kullanarak anayola nasıl çıkacağız?

İlkönce şunu yapacağız:

Ettiğimiz bütün dualar, bu dünyayla ilgili çıkar ve beklenti duaları. Dünya kumbarasına bir şeyler biriktirmeye çalıştık ama biriktirdiklerimiz de elimizden gitti.

Peki, ahiret kumbarası?

Yazık ki bu konuda da yanlış algıdayız. Üzülerek söylemeliyim ki bu noktada da yine nefis devrede... Bakın etrafınızdakiler yaptıkları iyilikleri anlatıyor. Fakat iyiliklerini anlatırken bekledikleri artı puanları ahiret için değil, yine bu dünyadaki konforları için kullanıyorlar.

"Sağ elinin verdiğini sol elin görmesin!" diye bildiğimiz bir atasözü var. Oysa bizler yaptığımız iyilikleri hep başkalarına anlatma ihtiyacı duyduk çünkü egomuzun yaptığımız iyiliklerle başkalarına karşı rahatlamaya ihtiyacı vardı.

Peki şu durumda ahiret için elimizde ne var?

Yaptığımız iyilikleri kendi içimizde düşünüp durduysak ya da başkalarına anlatmışsak elde var koca bir hiç!

Başka bir açıdan bakarsak:

Yaptığımız iyilikleri başkalarına anlattığımızda o iyiliğin enerjisi nötrlenir! Hatta bu iyilikleri kendi içimizde evire çevire düşünmeye devam ettikçe yine enerji nötrlenmeye devam eder...

İşin özü:

YARDIM ET VE UNUT!

Unutmayan bir tek Allah...

Sen Allah'a güven ve sana düşen görevi iyilikle, sevgiyle gerçekleştir.

Bu konuda altını çizmek istediğim çok önemli bir nokta var! Yaptığınız bir iyiliğin karşılığında yardımcı olduğunuz kişiden bir teşekkür, minnet, herhangi bir davranış ya da karşılık bekleyip bunu alamadığınızda oluşan duygularınıza bir bakın lütfen! Öfke, kin, nefret, kullanılmışlık hissi, enayi yerine konulma duygusu ve buna benzer duygular sizi sarmaya başlamışsa emin olun ki aslında hiç kimseye yardım etmediniz...

Karşılık bekleyerek yardım ettiğinizi sandınız sadece. Her kime ne yardım ederseniz edin, karşı taraf ne yaparsa yapsın siz yine huzur içerisinde Allah'a, "Bana düşeni layıkıyla yaptım, huzurluyum..." diyebiliyorsanız gerçekten iyilik ettiniz demektir. Diğer her türlüsü yardım adı altında gerçekleştirilen bir tür ticarettir...

Ben de bir dönem yaptığım iyilikler konusunda egomla fazlasıyla mücadele ettim. Yaptığım iyiliklerin karşılığında bir teşekkür alamadığım zaman, "Seni kullandılar, onlara ah et de Allah cezalarını versin, sen de rahat edersin, ilahi adalet yerine gelsin" diye için için sitem ederdim.

Arkadaş!

Bu nasıl yardım böyle?

Bir iyilik yapıyorsun ve umduğun karşılığı göremeyince de söylemediğini bırakmıyorsun...

Rahmetli babam bana her zaman şunu söylerdi:

"İyilik yap denize at, balık bilmezse Halik bilir."

Ah canım babam. Senin haklı olduğunu, sen ahirete göçüp gidince anladım. Allah senden razı olsun... Nurlar içerisinde yolculuğuna devam et!

Bunları düşünürken yine türlü meşgaleler çıkar ve ben

yine dünya işlerine dalardım. Çünkü kendim için çizdiğim hayatın yanlış olduğunu duymak, işime gelmezdi.

Egoma kulak verip onu dinlemeye başlar, "Her şeyi ben birilim, her şeyi ben hallederim, bu sıkıntıların da üstesinden gelirim" diyerek çözmeye çalışırdım. Gerçekten çok uğraşırdım ve sıkıntılarımı bir şekilde çözerdim ama ne hikmetse hayatıma çok daha zorları gelirdi sonra... Derken bu dünya için onca yıl gösterdiğim çabalarımın hepsi suya düştü bir gün. İşte o zaman hayatımla ilgili sorgulamalar başladı.

Bu deneyimimle ilgili yaşadıklarımı ve nasıl bir çıkış yolu bulduğumu *Evrenin İlahi Dili - Uyanış* adlı kitabımızda detaylı bir şekilde paylaştım. İnsanların uyanışları, ne hikmetse dibe vurduktan sonra başlıyor! Kontrolcülük güdümüz dünyalıklarımızla sınanıp silkelendiğimizde aklımız da sarsılıp işlemeye başlıyor. Sistemin bize ait olmadığını, sadece misafir olduğumuzu hatırlıyoruz.

DÖRT BÜYÜK SINAVIMIZ VAR

İnsanoğlunun bu yüzyılda dört ciddi sınavı var:

Cesaret, sağlık, para ve ilişkiler...

Hayat çok ilginç! Yaşam yolculuğumuz boyunca birçok sıkıntı yaşarken, çoğunun neden başımıza geldiğinden haberimiz bile yok.

1. Sağlık Sınavı: Sağlık büyük ve önemli bir sınavdır.

"Söylenemeyip yutulmuş her söz, içe akmış her damla gözyaşı insanı hasta eder."

İnsanlara, kendinize ve hayata karşı o kadar öfkelisiniz ki içinize attığınız kırgınlıklarla, alınganlıklarla hastalanıyorsunuz. Daha sonra yaptığınız hatayı fark edip hayatınızı toparlamak istediğinizde bunu yapacak enerjinizin olmadığını fark ediyorsunuz. Maddi ve manevi enerjinizi birçok yere gereksizce harcamış olabilirsiniz.

İçinize attığınız hangi korkularınız sizi hasta etmiş olabilir bir düşünün bakalım...

2. Cesaret Sınavı: Duygularınızı söylemekte cesur değilsiniz, hislerinizi söylemekte cesur değilsiniz. Her şeyi içinize atıyorsunuz. İnsanlar kırılmasınlar, üzülmesinler, rencide olmasınlar diye susarak kendinizi perişan ettiniz.

Terfinizi talep etmeye cesaretiniz olmayabilir ya da sevdiğinizi söylemeye, düşüncelerinizi ifade etmeye, duygularınızı paylaşmaya da cesaret edemiyor olabilirsiniz. Hatta belki tatile çıkmak için bile cesaretiniz yok. Peki bu durumun daha ne kadar bu şekilde sürüp gitmesine izin vereceksiniz?

Herkesi kendiniz gibi sanıyorsunuz. Başkaları kırılıp üzülmesinler diye hep içinize atıyorsunuz. Bazen de kaybetmekten korktuğunuz için sesinizi çıkaramıyorsunuz. Biraz cesur olmak gerekiyor. Cesaret sınavınızı artık başarmalısınız. Cesurca kendinizi ifade edebilmelisiniz.

Ömrünüz elinizden akıp gidiyor ve siz halen daha cesur olamadığınız için aslında yapmak istemediğiniz şeyleri mecburen yapmaya devam ediyorsunuz. Hadi şimdi kendinizi toparlayın ve daha fazla zaman kaybetmeyin. Cesur olun.

"Hayat hep tekrardır. Sadece cesareti olanlar yeni bir yoldan ilerleyebilirler..."

3. Para Sınavı: İnsanların büyük bir kısmı maddi açıdan sıkıntı içindeler. Büyük çoğunluğumuz neredeyse kıt kanaat yaşıyor. Parayla ilgili iki farklı bilinç söz konusudur:

Para umurumda değil bilinci: "Para umurumda değil. Biz paragöz değiliz. Parayla saadet olmaz. Çok para insanı bozar. Bu kadar para helal yoldan kazanılmamıştır..." gibi olumsuz düşüncelere sahiptirler. Genellikle parayı ve parası olanları eleştirip yargılarlar.

Para her şeyden önemli bilinci: "Para çok önemli... Olmazsa olmaz!" diyen bu bilinçteki insanlar, yaşamlarının çoğunu para kazanmak, borç ödemek, rahat ve güvenceli bir hayat yaşamak ya da ailesine bakmakla geçirip, yine para kazanabilme kaygısıyla olumsuz enerji üretirler.

Her iki gruptakiler aslında farkında bile olmadan maddiyata büyük bir "kıtlık bilinci" yükledikleri için para onlara zor yoldan gelir. Gelen para da ellerinde durmaz ve gider. Paranın pek bereketini görmezler.

Paraya olumsuz ve beklentili enerji yükleyerek, bolluğun kendilerinden uzaklaşmasına neden oluyorlar. Para önemseniyor olsa da olmasa da her iki grup için de bir amaca dönüşmüştür...

Paranın, sizin ilahi yolda ilerlemeniz açısından amaç değil, araç olduğunu fark etmeye başladığınızda hayatınızda iyiye doğru gelişmelerin olduğunu gözlemlemeye başlarsınız.

Sözde paranın önemli olmadığını dile getiririz ama bir şeyi isteyip de alamadığımızda isyan ederiz. Bir ödememiz gecikince isyan ederiz. Çocuğumuz para istediğinde ona harçlık veremediğimizde, alacaklımız kapıya dayandığında yazık ki bizden daha üzgünü, çaresizi, öfkelisi yoktur. Geçmişin eski defterleri içimizde yeniden açılır ve içsel kavgalarımız, isyanlarımız yeniden başlar.

4. İlişkiler Sınavı: Hayatınızı bir gözden geçirin. Geçmişe dönüp baktığınızda neler görüyorsunuz? Zamanınızın çoğunu ilişkilerle ilgili sorunlara harcamış olabilir misiniz?

Hayatınıza giren insanları hatırlayın. Kimler kaderinize eşlik edip gittiler?

Anne, baba, kardeş, eş, sevgili, arkadaş, iş arkadaşları... En büyük ve ağır sınavlarınızı kimlerle yaşadınız? Hiç dikkat ettiniz mi? Sınavlarınızın çoğunu tam da sizin zıddınız olanlarla deneyimlediniz. Sizin gibi olanlarla hiç sorun yaşadığınız oldu mu?

İlişkilerinizle ilgili beklentilerinizin, endişelerinizin ve korkularınızın size yaşam yolculuğunuz boyunca ne kadar zaman ve enerji kaybettirdiğini artık fark edin!

Sizin zıddınız olan insanlarla büyük sınav yaşarsınız. O kadar büyük sınavlar yaşarsınız ki siz az konuşursanız o çok konuşur, siz alttan alırsanız o üste çıkar, sizin haksızlığa uğrama korkunuz varsa o size hep haksızlık yapar... Sizin hayalleriniz varsa, bunları gerçekleştirmek istediğiniz anda, "Yapamayız, başaramayız, ödeyemeyiz..." gibi sözlerle sizi yavaşlatır, sindirir, önünüze geçerler.

Bazen de sizinle sürekli gizli bir rekabet içindedirler. Mesela hakkınızda şöyle düşünebilirler:

"Onu nasıl olur da bu kadar çok severler? Beni neden kimse sevmiyor? Nasıl olur da o her şeyi kolayca başarıyor da ben hiçbir şey yapamıyorum?"

Sadece işyerinizde değil, özel hayatınızda hatta bazen aile fertlerinizle bile bu içsel çatışmayı yaşayabilirsiniz. Belki hiçbir zaman dile getirilmez ya da harekete dökülmez ama yangın içten içe devam eder.

Aslında zıddınız olan insanlar sizin için bir nimet... Size eksik taraflarınızı belki sizi delirtmek pahasına da olsa açıkça gösteriyorlar. Bu ilişki deneyimlerinden dersinizi almadığınız sürece, canınızı sıkmaya devam edecekler. Hayatınızda beğenmediğiniz, canınızı sıkan herkes, belki de size bir konuda aynalama yapıyordur.

Nefsiniz (egonuz) bu durumda bile "Hadi canım sen de!" diyebilir. Başkalarını suçlamaya, kurbana yatıp haklı çıkmaya çalışabilir ya da aklınızı yersiz olaylar ve düşüncelerle meşgul ederek dikkatinizi başka yere çekebilir.

Çoğu insan bu dört ciddi sınavıyla ilgili çözüm arayışlarını sürdürüyorlar ya da artık pes etmiş durumdalar.

"Yeterince cesur değilim!"

"İlişkilerimde kimse beni anlamıyor!"

"Borcum çok!"

"Sağlığım iyi değil!"

Hoş geldiniz!

Yaşadığınız olaylara bakış açınızı ve kişilere yüklediğiniz anlamları bir kez daha düşünün derim.

Bunların hepsi simülasyondaki şeytanın uydurduğu senaryolardır. Şeytanın en büyük amacı, sizi bu dünya simülasyonu içinde oyalayıp, Allah'a ulaşmanızı engellemektir. Bunun için de en yakın arkadaşıyla işbirliği içindedir: İçimizdeki Truva atı NEFSİMİZLE!

Ne hikmetse bu gezegendeki hemen herkes, bu tuzağa düşüyor.

İşte burada ilişkiler sınavınız da devreye gidiyor. İlişkilerinizde sürekli alan veya veren olmak dengenizi bozuyor. Ancak bu dört sınavı aşabilir, dengede olabilirseniz, anda kalabilirseniz ve akışa güvenirseniz huzuru bulmanız mümkün. İşte o vakit uyanış başlar!

Sınavlarımız konusunda dikkat etmemiz gereken bir ayrıntı daha var. İlişkilerle ilgili sorunları çözdüğünüzü düşünürken, sağlık, cesaret, para gibi başka alanlardan yeni birtakım sınavlar karşımıza çıkmaya başlayabilir.

Neden mi?

Çünkü biz yaşadıklarımızdan dersimizi almak yerine soruna odaklanıp o sorunu yüksek bir çabayla çözmeye çalıştık. Sonunda belki bir şekilde sorunu çözdük ama dersimizi almadık. İşte o durumda, almamız gereken ders bize başka yollardan gelmeye başlayacaktır.

Bu noktada hayatımızda kısır bir döngü ortaya çıkar.

Önemli olan sorunları çözmeden önce, o sorunun neden hayatımıza geldiğini ve ne anlatmaya çalıştığını bulabilmek.

"Allah'ım, yaşadıklarımdan derslerimi kolaylıkla ve sağlıklı bir şekilde alabilmeye niyet ediyorum."

UYURGEZER OLMAYIN

Uyanın! Büyük bir ziyanın içindesiniz.

Uyurgezer olarak yaşamaktan vazgeçin.

Değerli olduğunuzu başkalarının size söylemesini beklemeyin. Sevildiğimizi hissetmek için ömrümüzü başkalarına adayıp sevgi dilenciliğine de gerek yok. Buna ihtiyaç duymayın. Değerli olduğunuzu, sevildiğinizi duymak için yapmadığınız kalmadı. İki tatlı söze kaç kere kandınız, hiç düşündünüz mü? O güzel sözler uğruna başınıza gelmedik kalmadı. Duymak istediğiniz tatlı sözler maalesef günün sonunda sizi mutsuz etti.

İlişki sınavları kolay değildir! Bir de âşık olursanız...

Bazen ilişkilerimize öyle bir tutunuruz ki, bu bağımlılık duygusunun altından derin korkular ortaya çıkar. İnsanlar hayatınızdan gidiyorsa, belki de gitmeleri gerektiği içindir.

O insanı neden kaybettiğinizin sizin açınızdan dersini alın. Birçok kişi hayatından biri gittiğinde neden üzülür biliyor musunuz? Onun gibisini bir daha bulamayacağını düşündüğü için... Sizce neden bir daha onun gibisini bulamayacağına inanır? Kendindeki eksiklikleri karşı tarafta bulup tamamladığından dolayı olabilir mi?

Siz kendinizi böyle eksik gördükçe o gidecek, bu gelecek ama hepsinde aynı hikâyeyi yaşayacaksınız. Yorulmadınız mı bu kısırdöngüyü tekrar tekrar deneyimlemekten?

O kadar çok olayın derdindesiniz ki parçalanıyorsunuz, kendinizi yıpratıyorsunuz... Allah'ın size verdiği değerli anları ve enerjiyi olmadık yere harcıyorsunuz. Çoğu zaman birçok konuda siz haklısınız! Yine simülasyonun içindeki oyuna kendinizi kaptırdınız ve Allah bilir kaç yılınız daha bu döngüde ziyan olup gidecek!

BAŞKALARINDA DEĞİL KENDİNİZDE ARAYIN

Sınavın güzel olması için içinde aşk olması gerekir. Aşk yüksek bir frekanstır ve vücudunuzdaki kimyayı harekete geçirir... İlk başlarda kula duyulan aşk aslında kendi eksikliklerimizi, yalnızlıklarımızı, beklentilerimizi karşıladığımızdan dolayıdır.

O insanın hayatınızda olması sizdeki hangi eksiklikleri tamamlıyor bir düşünün. Neden kendi içimizde tam ve bütün değiliz? (Bu sorularla ilgili ayrıntılı bilgileri *2 Tam Bir Tek* adlı kitabımda kaleme aldım.)

Kendi eksikliklerinizi fark edene kadar başkalarına âşık olmaya devam edersiniz. Kendi eksikliklerinizi tamamlamaya başladığınızda, aradığınız aşkın başka bir insanda olmadığını görürsünüz.

Bunu öğrenmek maalesef uzun yıllara mal olabiliyor. Çünkü bize aradığımız her şeyin başka bir insanda olduğunu öğrettiler.

Eşinize, "Önce Yaradan'ı seviyorum, sonra seni..." diyebilir misiniz?

Muhtemelen size çok kızar. Aynı sözü o size söylese, ses çıkarmasanız bile belki hoşunuza gitmeyecektir. Çünkü size de ihtiyacınız olan aşkın başka insanda olduğu öğretildi.

"Oysa hayattaki en yüksek frekans, kulun doğrudan Yaradan'a âşık olması ve bağlanmasıyla harekete geçiyor."

İnsan elbette başka bir insana âşık olur ki ilahi aşka giden yolu fark edebilsin.

Âşık olmak en azından tıkanmış kalp kapılarını açar. Lakin insanoğlu birine âşık olduğunda aklına önce beyaz eşya gelir. Mobilyalarla uğraşır. Ardından düğün derken... düğün de gösterişli ve itibarlı olmalı. En iyi mobilyalar alınmalı... Her şeyin en pahalısı güzeldir, gösterişlidir... Dolayısıyla her gören hayran kalmalı... Pahalısını alırsak mutlu oluruz. Halbuki mutlu olacaksınız diye yaptığınız tüm masrafları ödeyene kadar canınız çıkıyor.

Sonra aileniz devreye giriyor ve açtığınız borçları onlar ödemeye çalışıyor... Derken tabii ki onlar da maddi manevi çok yoruluyorlar. Pahalı ev eşyaları bir yuvayı mutlu etmeye yetmez.

Yuvasını mal mülk gösteriş kaygısı olmadan oluşturmaya başlayan kişilerin hayatlarında daha mutlu olduklarını gözlemledim. Tabii dikkat etmek gereken bir durum var. Mütevazı başlayan yaşamlar bazen bollukla sınanırlar. Bolluğun da iki türlü deneyimi var. Yoksul başlayan insanlar zengin olduklarında ya "Şükürler olsun Allah'ım, verdiğin bolluğun senden olduğunu kabuldeyiz. Hayatımızdaki her şeyin emanet olduğunun farkındayız" der ve imkânı olmayanlara da yardım ederek devam ederler hayata ya da ekonomik özgürlüklerine kavuştukları zaman başarılarını sadece kendilerine mal ederler. Sonra da başlarına gelmedik hezeyan kalmaz. Boşanırlar, iflas ederler, dağılırlar...

Aslında hepimiz her an bir sınav içindeyiz. Hatırlamamız gereken en önemli şey Allah'ın varlığını kabullenmek. Bedenlerimiz dahil her şeyin emanet olduğunu bilmek gerekir.

"Allah'ım bedenim dahil her şeyin emanet olduğunun farkındayım ve kabulündeyim."

BİRİNE BENZETMEK

Bir insani yanılsamadan daha bahsedelim. Dikkat edin, bazen karşınızdaki kişi kendisi değil, sizin zihninizde, daha önce tanıdığınız birinin yansımasıdır. Yani onu daha önce gördüğünüz birine benzetebilir ya da onu uzun zamandır tanıyor olduğunuz hissine kapılabilirsiniz.

Birinin dış görünümünü size daha önce kötülük yapan başka birine benzetirseniz, karşılıklı iletişiminiz henüz başlamadan sorunlu olacaktır. Ama karşınızdaki kişiyi sevdiğiniz bir insana benzetirseniz, ona olan güveniniz ve iletişiminiz daha sağlıklı olmaya başlıyor.

İnsanlara bakarken, onu ilk anda kime benzettiğinize bakın!

Birine bağırırken, kızarken, yargıladığınız o kişi değil, geçmişte yargıladığınız ya da yargılamak istediğiniz başka kişiler olabilir. Şimdiki kişi aslında size geçmişteki kişiyi yansıtıyor, hatırlatıyor olabilir...

En çok kimlerle tartışırız düşünelim:

Eş, çocuk, anne, baba, kardeş, iş ve arkadaş çevresindeki tanıdıklarımız... Tartışıyoruz tamam ama dikkatimizden kaçan bir durum var. Bizi deliye çeviren o kişi aslında gördüğümüz kişi mi yoksa geçmişte canımızı yakmış olan birini mi hatırlıyoruz ona bakarken?

Yaşadığınız her tartışmayı kendi içinizde dürüstçe sorgularsanız fark edeceksiniz ki şu an kızdığınız kişi aslında geçmişte size zarar veren başka birini hatırlatıyordur.

Birçok ilişki bu sebeple bozuluyor. Karşınızdaki kişiyi tanıdığınızı düşünüyorsunuz lakin siz geçmiş hatıralarınızı yeni kişiye yükleyip iletişim kurmaya çalışmışsınız ve yine her şey eskisi gibi olmuş.

Bu nasıl mümkün olabilir?

Enerji boyutunda sizin geçmişte affedemediğiniz, helalleşemediğiniz, kavgayla ayrıldığınız, hakkınızın yendiği gibi durumlar yaşanmışsa eğer, bu olaylar, geçmişteki oluşturulmuş negatif enerjilerin nötrlenebilmesi için kendi kendilerini size hatırlatmaya devam ederler.

Burada dikkat etmeniz gereken şudur:

"Ben karşımdakine baktığımda onu mu görüyorum, beklentilerimi mi? Zihnimdeki insanla mı tartışıyorum, karşımdakiyle mi? Şu an sınav yaşadığım kişi bana kimi hatırlatıyor?"

Beyin kısa yollardan gitmeyi sever. Karşınızdaki olayı geçmişteki bir olaya bağlayarak "Bu olayın içindeki kişi odur" der ve kısa yoldan yargıya varır.

Beyninizi bu tembellikten kurtarın. Hayatınızda gözlemlediğiniz kişilerin olumlu yanlarına da odaklanın. Geçmişten beri kendini tekrar eden olayların içerisindeyseniz ve şu an hayatınızdaki insanlarla bile eski olayların tekrarını yaşıyorsanız onlardan hesap sormadan önce durup bir nefeslenin.

Şu an sınav yaşadığınız kişi size geçmişi hatırlattığı için ona teşekkür edin ve hemen geçmişteki olayları hatırlayıp, affederek helalleşin. Bunları yapmadığınız sürece hayatınızdaki kişilerin gerçek varlıklarını ve güzelliklerini göremeyebilirsiniz. Onlar da sizden gelen enerjilerden dolayı size geçmişi hatırlatacak ve geçmişteki kişilerin davrandığı gibi davranacaklardır size.

Babanızı affedememişseniz önce eşiniz sonra da oğlunuz size tıpkı babanızın yaptığı gibi davranmaya başlayabilir. Ayrılmak ya da boşanmak hiçbir şekilde çözüm değildir.

Kaçmaya çalıştığınız herkesin enerji kodlarını kendi enerji alanınızda ve bilinçaltınızda taşırsınız. Nereye giderseniz gidin, affedemediğiniz herkesin enerjisini de üzerinizde götürür, orada yakınlık kurduğunuz herkesin üzerine farkında olmadan kopyalarsınız. O insanlar da size, bir zamanlar sevmediğiniz kişiler gibi davranır ve geçmişteki olayları hatırlatmaya devam ederler. Bu döngü böylece sizi çıldırıncaya dek sürer gider. Ta ki siz artık karşınıza çıkan insanların yüzüne bakıp "Aynı ... gibi" demekten vazgeçinceye kadar...

Geçmişi arındırın. Sahip olduğunuz enerjinizi hayırlı yerlere kullanın.

> ***Affetmeyerek, helalleşmeyerek karşınızdaki kişi üzerinde Allah katında cezalandırma ile ilgili baskı kurduğunuzu sanırsınız ama öyle değil.***

Size kötülük yapan birine siz de aynı tepkiyle karşılık verirseniz ya da onun kötü duruma düşmesini dilerseniz, sizin de ondan ne farkınız kalır ki?

Birine beddua etmek demek, kendinizi bu şu anki yüksek enerjinizde idam etmek gibidir. Kötü niyetler önce o niyetin sahibine uğrarlar.

Şu an her ne sorun yaşıyorsanız, bunlar geçmişte oluştu ve geçmişi şifalandırmadığınız sürece tekrar edip duracaklar.

Kendimizi hayrımıza olacak şekilde iyiye doğru değiştirmemiz gerekiyor.

Karakterimiz düşüncelerimize bağlı olarak değişkendir.

Bazen değişime içsel olarak direniriz. En büyük savunma mekanizmamız "Benim huyum böyle. Bu yaştan sonra ben değişmem. Değişirsem el âlem ne der?" direnişidir.

Kâinatta değişmeyen tek şey "değişimdir".

Biz de değişebiliriz.

Biz değiştikçe her şey iyiye doğru değişmek için adım atar. Yeter ki niyetimiz temiz ve ilahi sevgiyle dolu olsun...

Geçmişte yaşadığımız ve olumsuz olduğunu düşündüğümüz olayları tek tek hatırlayıp şifalandırdıkça, gelecekteki ilişkilerimiz de şifalanmaya başlar...

HAKLI ÇIKMAYA ÇALIŞMAK TEHLİKE İŞARETİDİR

Karşılıklı bir tarafın susmayı seçmesi elbette daha hayırlı bir durum. Susmak, elbette hatayı üstlenmek ya da haksızlığı kabullenmek anlamına gelmez. Sağlıklı iletişim; aklıselim, sakin ve dingin bir şekilde karşılıklı konuşabilmektir.

Kurduğunuz her iletişim bir süre sonra tartışmaya dönüşüyorsa ve hep haklı olduğunuzu düşünüp karşı tarafın haksız olduğu yargısına varıyorsanız sorun aslında sizdedir.

İlişkiler aynı kayıkta kürek çekmeye benzer. Bir ilişkide bir tarafın sürekli haklı çıkmaya çalışması, o kayığın su almaya başladığı anlamına gelir.

Dostunuza, eşinize, kardeşinize, evladınıza, kısacası sürekli birine karşı haklı çıkmaya çalışmak sizde var olan içsel bir araza işret ediyor olabilir. Dikkat edin!

Ego haklı çıkmayı sever. Gözünüzü dört açın! İlişkinizde haklı çıkma çabası içindeyseniz, suçlanma korkunuz vardır ve muhtemelen geçmişte gereksiz yere suçlanmışsınızdır. Belki de yapmadığınız bir yanlış üstünüze atılmıştır ya da belki iftiraya uğramışsınızdır...

Geçmişte haksız yere suçlanmış olduğunuz durum halen içinizde yaşamaya devam ediyor olabilir. Affedip şifalandıramadığınız bu durum sizi sürekli savunmada tutacaktır. Sergilediğiniz davranışların altında geçmişe ait izler yatıyor olabilir.

Şu an her ne yaşıyorsanız, aslında hemen bugün oluşup ortaya çıkmadı. Geçmişte unutulmuş birçok olumsuz olay, kendini etrafımızdaki insanlar üzerinden hatırlatmaya çalışır. Ara sıra küllerinden doğarak yeniden var olur. Kişiler üzerinden gelen enerjiyi görmezden geldiğimizde ne yazık ki bir süre sonra sağlığımızı tehdit eden işaretler göstermeye başlar.

Her konuda haklı çıkmaya çalışmak, geçmişten gelen suçlanma korkunuzun bir belirtisidir. Kendinizi artık toparlayın ve size söylenen sözlere tepki göstermeden önce iki kez düşünün, tartın.

SIRILSIKLAM ÂŞIK ENERJİSİ

Aşk, çok güçlü bir bağdır. Bütün vücudunuz, hormonlarınız reaksiyon göstermeye başlar. Düşünün ki âşık olunca yemeden içmeden kesilirsiniz. Karşınızdaki kişiye kendinizi güzel göstermek için yıllardır bir türlü başlayamadığınız spora, sağlıklı beslenme programlarına bile başlarsınız.

Peki, neden Yaradan'a da aynı duygularla ibadet etmiyoruz?

Aslında yaşadığımız bütün sıkıntılar ve başımıza gelen her olay, bize ibadet aşkını canıgönülden hissettirmek için geliyor olamaz mı?

Elbette olabilir.

Yaradan'ı dardayken canıgönülden anıyoruz. Rahat zamanlarda da dua ettik belki ama enerjisi daha düşüktü çünkü bizde her şey yolundaydı...

Geçmişe dönüp bakın. Ne zaman Allah'a canıgönülden dua ettiniz?

Sadece çaresizken mi? Birine sırılsıklam âşık olduğunuzda ya da onun da size âşık olmasını istediğinizde mi? Belki de âşık olduğunuz kişiyi kaybetmemek için...

İşte çaresizken içinde bulunduğunuz duygu, enerji, gerçek duanın kaynağıdır. Çaresizken oluşan enerjiyi hatırlayın. Ne kadar da gönülden ve güçlü değil mi?

Dualarımızı, kula âşıkken olduğumuz gibi içtenlikli ve yüksek enerjiyle yapabilirsek ne mutlu bize.

Bu arada küçük bir hatırlatma da yapmak isterim; açlığınızı doyurabilmek için ihtiyacınızdan fazla yemek yiyorsunuz. İhtiyacınızdan fazla biriktiriyor olmanızın nedeni de gelecekle ilgili endişe ve korkularınızdan dolayıdır.

Tam ve bütün olma noktası, insanın Rabb'i ile olan aşk bağını kurmasıdır. Bu da ilahi sistemle bağ kurmakla mümkündür.

ÇOCUKLARIN DENGESİNİ BOZMAYIN

Küçük çocukları olanlar genelde evin içerisindeki hareketlilikten ve dağınıklıktan şikâyet ederler. Çocukların gürültüsü bazen yorucu da olabilir. Gayet doğal... Enerjileri bizimkinden daha yüksek ve bizim açımızdan hayatın gerçeği olarak kabul ettiğimiz meşguliyetlerle ilgilenmiyorlar.

Çocuklarla kurulan iletişimde denge çok önemli. Çocukların her hareketinde onlara karşı öfkelenmemek ve dengeyi koruyabilmek gerekir. Bırakın evin içi dağılacaksa dağılsın... İleride büyüyecekler, evlenip yuva kuracaklar. Belki de uzaklara yerleşecekler. Emin olun evde yaramazlık yaptıkları o günleri özleyeceksiniz.

Bu yüzden bırakın çocuklarınız diledikleri gibi oyunlar oynasınlar. Kendilerini geliştirsinler. Çocuğun gelişimine izin vermek, onu tehlikelerle baş başa bırakmak anlamına gelmez. Yanında her zaman onun koruyucusu olmalı, tehlikelere karşı kontrollü olmalısınız. Güvende bulunmaları için tedbirler almalı ve onu bunaltmadan, yaratıcılığını engellemeden korumaya devam etmelisiniz.

Çocuğunuzla nasıl vakit geçirdiğinize dikkat edin. Yemek yapıp önüne koymak, kendinizin geçmişte bulamadığınız imkânlarınızdan daha iyisini ona sunmak çocuğunuza iyilik yaptığınız anlamına gelmez. Onunla oyun oynayın. Birlikte resim yapın, müzik aleti çalın. Çocuğunuzun neye yeteneği varsa, birlikte keşfedin. Onunla kaliteli vakit geçirin ki kendini yetiştirebilsin.

Eğer çocuğunuzla kaliteli vakit geçirmezseniz, aile kavramını ona aşılamanız mümkün olmaz. Bu duyguyu hissetmezse ileride kendi eşine ve çocuklarına da nasıl davranacağını bilemez.

Aile içinde muhakkak farklı fikirler olacaktır. Herkes sizin gibi düşünüyorsa, evde yolunda gitmeyen birtakım şeyler var demektir. Size göre herkes yanlış yolda ama siz her şeyin doğrusunu biliyorsanız yine dikkat etmeniz gerekir... Aile içinde fark edilmeyi bekleyen olabilir.

İçsel olarak kendimizi mükemmeliyetçi görüyorsak, büyük ihtimal başkalarının yaptığı işleri beğenmeyiz ve tüm yükü üzerimize alırız. Zamanla, "Ben olmazsam bu ailenin hali ne olacak?" diye düşünmeye bile başlarız. Oysa bir gün siz de öğreneceksiniz ki, siz olsanız da olmasanız da herkes bir şekilde yoluna devam ediyor. Sistem her zaman akış yolunu bulur. Aile içi iletişim ve sorumlulukların paylaşımı konularıyla ilgili *Kadın Olmayı Hatırlamak* ve *2 Tam Bir Tek* isimli kitaplarımda detaylı incelemeler yer almaktadır.

"Ben çok çektim, o çekmesin" düşüncesiyle evladınıza her şeyinizi adamayı göze almış olsanız da ona paradan puldan daha değerli bir şey sunabilirsiniz: ZAMAN... Çocuğunuza sevgi dolu zamanlar ayırmak hiçbir parayla satın alamayacağınız değeli bir armağandır.

İletişim kurarken çocuğunuzun konuşmasını kesmeden dinleyin. Onu yargılamadan, eleştirmeden, suçlamadan onunla iletişim kurmayı deneyin. Bunu yaparsanız her şeyini gelip size anlatır. Ama siz ısrarla kendi doğrularınızı onun kafasına sokmaya çalışırsanız, dertleşmek ve açılmak için kendisine başka insanlar aramak zorunda kalır. Ailesine karşı maskeler takar. İçine kapanık bir çocuk olur. Ailesiyle paylaşımları azalır. Eline bilgisayarını, tabletini ya da cep telefonunu alıp düşünsel olarak sizden tamamen uzaklaşmaya ve sosyal medya salgını içinde kaybolup gitmeye başlar.

Teknoloji, çocuğun kaçış noktasıdır... Paylaşmak ve dinlemek yerine onu yargılayıp kendi doğrularınızı empoze etmeye çalışmış olabilirsiniz. Böylelikle çocuk açısından sizinle pek paylaşacak bir şey kalmamış olabilir.

Çocuğunuza bir şeyleri anlatırken, onun varlığına saygı duyun. Size göre her ne kadar küçük de olsalar, kendileri açısından büyük ve onurludurlar. Tek başlarına da her şeyi başarabilir, yapabilir düşüncesindedirler.

Çocuğunuza her şeyi her zaman ve hoşgörüyle anlatın. Ceza veya ödüllerle değil... Sürekli cezalandırdığınızda, kaçarlar. Süreli ödüllerle onurlandırdığınızda da bu kez sizi anne baba olarak değil, maddi kaynaklar olarak görmeye başlarlar.

Geçmişte yaşadığımız sıkıntıları çocuklarımıza anlatırken “Biz bunları bulamazdık, sen her şeye sahipsin” diyerek onlara sunduğumuz koşulları başlarına kakmak da doğru bir davranış modeli değil.

Çocukları bitmek bilmeyen taleplerinden caydırmak için geçmişteki yoksunluklarınızı ya da sıkıntılarınızı koz olarak kullanmayın.

Çocuklarınıza, huzuru anlatın. Merhameti, bağışlamayı anlatın. Güzelliklerin olduğundan bahsedin. İnançlardan bahsederken de sürekli cezayı ve günahı değil, sevgiyi, hoşgörüyü, paylaşmayı, merhameti ve güzellikleri anlatın.

Çocuk aklıyla günahı ve cezayı algılaması zordur. Birçok konuyu kulaktan dolma bilgilerle öğreniyoruz zaten. Oysa anlamaya çalışmak, okumak, sorgulamak ve doğruları bulmak önemlidir. Bunu önce siz yapın, sonra çocuklarınızın da yapmasını sağlayın. Onlara bu açıdan da destek olun.

Geleneksel yapı içinde birçok konu genelde korkuyla anlatılmaya çalışılır. Oysa sevgi ve hoşgörüyle anlatıldığında çok daha etkili olabilir.

Bir de annesi babası ayrılmış çocuklara dikkat edin. Anne ve babası ayrı olan çocuklar görülmeyen bir tehlike altında olabilirler. Ayrılmış ailelerin tarafları toplum içerisinde kendilerini aklayıp haklı çıkabilmek için karşı taraf hakkında olmadık sözler söyleyebilirler. İftiralar atabilirler. Bu söylentilere, başkaları da birtakım eklemeler ve çıkarmalar yaparak ortalığı daha da karıştırabilirler. Vesvese veren varlıklar, bu şekilde kişileri kontrol ederek söylenmeyecek sözleri bile söyletirler.

Sevgili büyükler, siz evliyken kendi aranızda her ne yaşamışsanız yaşadınız. Bunu çocuklarınıza aktararak onları zehirlemeyin. Hele de karşı tarafı suçlayarak bunu yapmayın. Başkalarının da yapmasına izin vermeyin. Çocuk her ne kadar kendini büyük hissetse de, neyin doğru neyin yanlış olduğunu henüz bilmez.

Kaybetme ve suçlanma korkusu olan taraf, günü geldiğinde çocuğun diğer tarafa gidebileceğini düşünerek önünü kesmek isteyebilir. Karşı tarafı, çocuğuna sürekli kötüler. Bu duruma çok kez şahit oldum.

Allah'ın ilahi adaletini elbette sevgi, barış ve hoşgörüden yana olanlar için kullandığına inanıyorum her zaman.

Siz eğer çocuğunuza, karşı tarafı kötüleyenlerdenseniz, gün gelecek, çocuğunuz hakikati Allah'ın izniyle fark edecektir. Ona yıllarca söylediğiniz olumsuz sözler size geri dönecektir. Kaybetme korkunuzu temizleyin. Yetişkinlerin kendi aralarındaki sorunları çocuklarınıza anlatarak onları zehirlemekten hemen vazgeçin. Bir çocuğa annesini ya da babasını kötüleyerek elinize hiçbir şey geçmez.

Çocuğunuz eğer size karşı doldurulmuşsa, hiç üzülmeyin. Allah her zaman sabır gösterenleri, sevgi ve hoşgörüde ilerleyenleri görür ve sever. Bir müddet onları sınar. Siz her zaman Allah'a güvenin ve kalbinizde asla kin ve nefret gütmeyin. Çocuğunuzu size karşı istedikleri kadar doldursunlar, çocuğunuzun da kafası size karşı varsın karışık olsun, hiç önemli değil. Siz çocuğunuzu sevmeye devam edin. O gün gelecek Allah'ın hakikatini yüreğinde hissedecek ve kötüleyenlerin gerçek maskelerini bir şekilde fark edecektir.

Bu açıdan dikkat edilmesi gereken bir durumun daha altını çizmek isterim. Eğer çocuğunuzun kafasını size karşı doldurmuşlarsa, çocuk farkında olmadan doğalmış gibi sizi başkalarına kötü anlatabilir. Bunları duyduğunuzda sakın üzülmeyin. Bu çocuğun inandığı değil, inandırıldığı durumdur. Çocuğunuz size karşı iyi görünen bir davranış da sergileyebilir ve yüzüne taktığı maskelerden biri olabilir. Bunu fark ettiğinizde de küsmeyin.

Siz, her ne olursa olsun, karşı tarafı onların da yaptığı gibi kötülemeyin. Sevgi ve barışla yolunuza devam edin. Her ne olursa olsun çocuğunuzla aranızı iyi tutun ve onu koşulsuz sevginizle sevmeye devam edin. Her şey yoluna girecek.

Gece elbette bitecek, güneş elbette doğacak!

"Allah'ım, kendimi ve sevdiklerimi sana emanet ediyorum. Senin hakikatine ve adaletine güvenim sonsuz. Her ne yaşanacaksa bütünün hayrına olmasını, tüm yüreklerin senin nurunla şifalanmasını, sevginin, merhametin, hoşgörünün yüreklerimize yerleşmesini niyet ediyorum."

Birçok kişi ilahi adaletten bahseder. İlahi adalet siz dürtmediğiniz sürece vardır.

Dürtmekten kastım nedir?

Örneğin siz ah ederek sisteme müdahale ettiğinizde, size zarar verdiğine inandığınız birine, kötülük dilediğinizde, ilahi sistem size yardım etmiyor. İşinize karışmıyor. Kötülük yapanla kötülük dileyenin farkı nedir ki zaten?

Her ne yaşarsanız yaşayın, Allah'a teslim olabildiğiniz zaman ilahi adalet devreye girer.

Ego bu duruma da hemen isyan eder:

"Hadi canım! O bana bir kötülük yapacak da ben ona yapmayacağım..."

Hayatımda birçok insan bana zarar verdi. Bazılarında içimden Allah'a dua ettim ve "Bu olaydan almam gereken bir ders vardı ve ben dersimi aldım. Bu zararı bu derse sayıyorum. Bu sınav için teşekkür ederim Allah'ım" dedim.

Bazılarıyla da yüzleştim. Yani bu duygumu içimden temizledim.

İşin özü şudur ki; ya affedin ya da sevgiyle, sakin bir şekilde yüzleşin. İçinize atmayın. İçimize attığımız her olay, bir dizi hastalıkla dışarı çıkar ve yıllar boyunca enerji alanımızdan enerji çalar.

Her şeyin Allah'tan gelen bir sınav olduğunu kabullenmeye başlayın.

Peki, her şey Allah'tan geliyorsa, ben neyin isyanı içindeyim? Lafta her şeyin Allah'tan olduğunu kabul ediyoruz ama uygulamada bunu yaşayabilmek gerçekten erdemli olmayı gerektirir. Lafta hepimiz ibadetimizle, yaptığımız iyiliklerle övünürüz. Önemli olan içerisidir... Gerçekte içinizden ne geçiyor? İçinizde ne kadar samimisiniz?

İçimizden eleştiriyoruz, suçluyoruz, asıp kesiyoruz. İnsanları sınıflara ayırıyoruz, etiketliyoruz fakat buna rağmen iyi bir insan olduğumuzu düşünüyoruz.

Artık insanlar gerçek yüzlerini göstermeye başladı. Bu gittikçe artacak. Etrafınızdaki insanların maskeleri düşmeye devam edecek.

Uyanmaya başlayan insanlar, uykudaki insanların maskelerini hissedip görebilmeye başladılar.
Uykudakiler de etrafındakileri uyuttuklarını sanıyorlar.
Kim uykuda kim uyanık?

Yıllar önce TV kanallarında canlı yayınlara çıktığımda sürekli şunu söyledim: "Dünyanın enerjisi yükseliyor. Bedensel ve ruhsal enerjilerimiz de bir şekilde bu durumdan etkileniyor ve yükseliyor. Neden ve nasıl olduğunu bilmiyorum ama birçok insan etrafındaki kişilerin düşüncelerini duymaya başlayacak."

Düşüncelerinizin duyulduğunu düşünsenize... Kaçacak delik arardınız sanırım. Kafanızın içinde herkesi yargıladınız, herkes hakkında bir şeyler söylediniz... Bunlar dışarıdan işitilebildiğinde işiniz ne kadar da zor.

Yargılamayan mı var? Allah gerçekten hepimizin yardımcısı olsun!

BOLLUK, BEREKET SADECE PARA DEMEK DEĞİL

Bolluk, bereketin paradan ibaret olduğuna inanıyoruz... Bolluk bereket aynı zamanda huzurdur. Hayırlı arkadaşlardır. Bu dünyadaki zamanını en hayırlı şekilde geçirebileceğin bir zekâya ve bedeninle bütün olmuş huzurlu bir ruha sahip olmaktır. İnsanlarla ve doğayla iletişim kurabilmektir. Sevdiklerinizle birlikteyken onlarla mutluluğunuzu paylaşabilmektir. Bolluk ve bereket oldukça geniş kapsamlıdır. Sadece para, mal ve mülk değildir.

Genelde dualar edilirken ve bolluk, bereket dilenirken tamamen para odaklı bir algı söz konusudur. Bolluk ve bereketin ne kadar geniş kapsamlı bir konu olduğunun farkındayızdır fakat ne yazık ki birçoğumuz derin bir uykuda. Garanticilik ve korkularla tutunduğumuz dünyalıklar simülasyonu içinden çıkıp kendimizi kurtarmanın vakti çoktan geldi.

"Allah'ım bildiğim ve bilmediğim her türlü helal kaynaktan, bolluk ve bereketinle bizleri desteklediğin için şükrederim."

AKIL

İnsan her şeyi aklıyla çözmeye çalışır.

Zekâ ve mantık, "Ben yaparım, ben çözerim, ben bilirim..." der sürekli. Bazı kişilerde de sistem tersine çalışır. "Ben bilmem, ben çaresizim, ben yapamam..."

Oysa işin sonunda hepsi aynı duvara gidip çarparlar. Yaparım dediğinizde de, yapamam dediğinizde de aynı yere varırsınız.

Korkularla tutunduğumuz hiçbir şey elimizde durmaz.

Hayatınızı gözden geçirin. Mantığınızla tutmaya çalıştığınız her şey elinizden uçup gitti. Ne zor bir durum...

Mantıklı olmak her zaman iyidir. Akıl ve mantık insanı diğer canlılardan ayırt eden önemli bir özelliktir. Lakin sadece mantık işe yaramıyor. İnsanların önemli bir özelliği daha var. Kalp gözü... Ya da gönül gözü.

Mantığınızın işe yaramadığı, hayattaki her şeyin mantıkla açıklanamadığı noktada gönül gözü devreye girer.

Gönül gözü, nefes aldığınız zaman, havayı hissetmek ve şükretmektir. İçtiğiniz bir bardak suya şükretmek onu bütünüyle hissetmek... Yoldaki insanların gözlerinin içine baktığınızda onların korkularını, beklentilerini, endişelerini duyabilmektir.

Bazen güzel bazen de yorucudur bütün bunları hissedebilmek...

Allah'ın verdiği bu gönül gözümü bunca yıl neden sevgiye kapadığımla ilgili pişmanlık duymaya başladığımda araştırmalarım sonucu gördüm ki bu gezegendeki birçok insanın gönül gözü maalesef kapalı. Öfkeyle, kırgınlıklarla, intikamla körelmişler. Buna rağmen herkesin bir gönül gözü vardır.

Gönül gözümüzü ya da diğer bir deyişle antenlerimizi açarsak birbirimizi ve Allah'ın hakikatini çok daha hayırlı bir şekilde hissedip fark etmeye başlayacağız.

Biri bana bir şey yaptığında, ona kızmak yerine, onun için hep şöyle dua ediyorum:

"Allah'ım ne olur onun da gönül gözünü aç, ona da merhamet et. Hepimize merhamet et, hepimizi bağışla..."

Mantığınızın ötesine geçip, hisleriniz güçlenmeye başladıkça, diğer insanların ne kadar da ziyanda olduğunu fark etmeye başlıyorsunuz.

Herkesin farklı dünyevi dertleri var. Kiminin tek derdi eşinin ilgisizliği... Ahireti bile unutmuş, tek derdi bu... Kiminin derdiyse çocuğunun sınavı kazanması... Çocuğun yaşam yolunda o sınavı kazanmak varsa, zaten kazanacaktır. Çalışmasa bile o deneyimi yaşayacaktır.

Birçoğumuz farkında olmadan doğrularımızla, doğru bildiklerimizle insanları bir yere yönlendirmeye çalışırız.

Yönlendirdiğiniz şey, o kişinin yaşam yolunda yoksa istemeden de olsa kişinin yıllarca yanlış yönde ilerlemesine sebep olabilirsiniz... Tavsiye ve yönlendirmelerin çoğunda hep bir garanticilik vardır. Oysa yıllarca para kazanıp da mutlu olamayan insanlar gördüm. Kimi kredi kartı taksitini yetiştiremiyor, kimi kefil olup başkasının borcunu ödüyor, kimi işini batırmış... Garanti iş diye baktığı işlerde bile maaşı elinden uçup gitmiş.

Bu sistemde Allah'a yönelmenin dışında hiçbir garanti yoktur ve insanlar bunu çoğu zaman göremiyorlar.

LAF DEĞİL, İCRAAT

Herkes birtakım dünyalık işlerin peşinde. Acaba kaç kişinin bütün çabası ruhunu Allah'a ulaştırmak? Kıyamet günü geldiğinde defteri sağdan verilenlerden olmak?

Vesvese dört bir taraftan insanları kuşattı ve insanlar bunun farkında değil. Dünyalık beklentiler, korkular, endişeler ve küçük hesaplar yüzünden hakikatten her geçen gün biraz daha uzaklaşıyoruz.

Ben kimseye "Çalışmayın! Mal mülk kazanmayın! Bolluk ve refah içinde yaşamayın!" demiyorum. Herkes her şeyin en güzeline layık...

İyilik ve güzelliklerden bahsederken bunları sadece lafta dile getirip duygulanmaktan değil, icraatlarımızda da ortaya iyi ve güzel eserler koyabilmekten söz ediyorum.

ARAYAN BULUR AMA...

Maddi kaygılar ve endişelerle hayatta dünyalık her neyi arıyorsanız, günü geldiğinde, bir şekilde çoğunu bulacaksınız.

Başardığınızda, başarmak için harcadığınız uzun zamanların ve büyük emeklerin acısını o kadar derinden hissedeceksiniz ki... kazandıklarınız, kaybettiklerinize değmeyecek.

Genelde gençken ibadetimizden uzak, hep çalışarak farkında olmadan dünya malı peşinde koşarız.

Önce okul, iş, kariyer, çoluk çocuk, birikim... İbadetlerimizi de ancak yaşlanınca yapacağız.

Merak etmeyin, hayatınız boyunca dünyalık işler sizi bekliyor olacak.

İbadetinizi geciktiren ya da zihninizde ibadeti gereksiz kılan her şey vesvesenin bir oyunudur.

Aradığınızı günün sonunda bulacaksınız fakat aradığınızın Allah yolunda olduğundan emin olmaya niyet edin...

Gereksiz birçok şey için zamanımızı fazlasıyla harcadık. Bundan sonraki her anımızın Allah'ın yolunda olmasına niyet ediyorum.

İSYAN ETMEYİN

Bugüne kadar bana zarar veren insanların hayatlarının benimkinden daha iyiye gidiyor olmasının altında nasıl bir ilahi adalet olduğunu düşündüğümde, ilahi adalete müdahale ettiğimi ve kendi yaşam enerjimi tükettiğimi fark ettim.

Onları sevsem ve dua etsem, enerjim onlara gitmeyecekti ama onları eleştirdikçe, kızdıkça benim yaşam enerjimle besleneceklerdi. Hayatlarındaki mutsuzluk benim hayatıma da yansıyacaktır. Onların yaşayacakları olumsuz sınavları kendime çekecektim.

Birilerinden hesap sormak mı istiyorsunuz? Size çok zor ve çok kolay bir yol sunmak istiyorum:

"Bir insana akılların alamayacağı derecede bir ceza vermek istiyorsanız, o insanı akılların alamayacağı kadar sevin..." diyor Şems-i Tebrizi...

Bunu kaç kişiye söylediysem, ilk tepkileri, "Bana zarar verenlerin Allah cezasını versin! Onları nasıl sevebilirim?" diyerek sitem etmek oldu.

Oysa böyle olumsuz konuştukça enerjinin olumlu kısımlarını onlara aktarıyor, onların olumsuz enerjisini de kendinize çekiyorsunuz.

Bütün insanların birbirine kozmik bağlarla bağlı olduğunu fark ettim. Bazı bağlar güçlü, bazı bağlar zayıf. Size kötülük yapanla da iyilik yapanla da aranızda bir bağ var. Fakat uykudaki insanlar bunu fark etmez. Gönül gözünüzle baktığınızda göreceksiniz.

Güzel bağlara bir örnek vermek gerekirse; mesela hayatınıza giren birini sanki kırk yıldır tanıyormuş hissi duymanız...

Unutmayın ki verdiğinizin altında beklentileriniz var. Bir şey yaptınız ve bir şey beklediniz. O beklediğiniz şey olmadığı için de kızdınız. Şu an öfke küpü halindesiniz. Bu öfke, nefsinizin ve şeytanın ortak çalışmasıyla üzerinize atılan bir atom bombasıdır. Bir an önce bundan kurtulmalısınız. Öfke sizi sevgiden, merhametten ve hakikatten uzak tutan düşük bir titreşimdir.

İnanç yapınıza bakın...

İnanç yapısının içinde sevgi, huzur, hoşgörü vardır. Kuran ve sünnetler dışında ne yapmaya çalışırsanız çalışın, sol elinizle sağ kulağınızı tutmak gibidir. Uzun yolu seçmiş olursunuz.

Niyet ediyorum ki doğru yolu hep birlikte tekrar hatırlayabilelim.

Artık uyanın! Sabahtan akşama duygularınız sizi yiyor, parçalara ayırıyor ve yönetiyor. Enerjinizi her tarafa yolluyorsunuz ve eve geldiğinizde bitkin halde oluyorsunuz.

"Allah'ım, sana ulaşmamı engelleyen bütün duygulardan, düşüncelerden, bağımlılıklardan, korkulardan, endişelerden yine sana sığınırım. Allah'ım senin yarattığın ilahi sistemin hakikatini anlayabilmeye, hazmedebilmeye niyet ediyorum."

DUA EDİN, NEFES ALIN

Sahip olduğum enerjinin çoğunu gereksiz dünya işlerine harcadığımı fark ettiğimde, ciddi şekilde kendi farkındalığım için çalışmalar yapmaya başladım.

Ben nelere tepki veriyorum? Korkularıma, endişelerime, beklentilerime, alınganlıklarıma, hırslarıma ve daha birçok şeye tekrar ve tekrar göz attım...

Nefsimin en büyük oyunu burada başlıyor: İçimdeki ilahi sesi duymamam için kafamın içinde tenekeyle davul çalıyor. Kafamın içindeki ses hiç susmuyor:

"O sana bunu yaptı! Bu sana bunu yaptı..."

Hep hesaplaşmalar, keşkeler, yarım kalmışlıklar, birikmiş kırgınlıklar ve söylenememiş onca söz...

Sesin kimin sesi olduğunu bile bulamıyorum... Ömrümün büyük kısmı bu sorgulamalarla geçti. Bunca gürültüyü aşıp, o ilahi sesi duymak kolay değil.

Bunun için önce derin bir nefes alın ve yavaşça verin.

Derin bir nefes alın ve yavaşça verin.

Derin bir nefes alın ve yavaşça nefesi verin...

"Allah'ım zihnimin içinde hayrıma olmayan her şey şimdi gitsin. Zihnimin içindeki her türlü vesveseden sana sığınırım."

Bu etkili bir duadır. Bunu namazda, özellikle de secdede yaparsanız, bir anda diğer sesler susar. Sessizliği hissettiğiniz anda, kendinizi huzurlu ve anın içinde bulursunuz.

Bu noktada dikkat edilmesi gereken detay şudur: Zihin bir an bile olsa sessizleşip dinginleşmeye başladığında, eski alışkanlıklarımız devreye girer. Sessiz bir zihin bizi tedirgin edebilir. Düşünmeye alışkın olduğumuz için bir an için bile olsa zihnin sessizleşmesi her şeyin kontrolden çıkabileceği alarmını verir bedene ve anında zihnimizin içi yine düşüncelerle dolup taşmaya başlar. "Onu yapmalıyım, bunu yapmalıyım..."

Oysa düşünerek hayatınızı derli toplu ve rayında tuttuğunuzu sanıyorsunuz ama düşünmek sizi yormaktan başka bir işe yaramıyor.

Elinize bir kâğıt kalem alın ve her şeyi planlayın. Sonra bunların üstünü tek tek çizin.

Zihninizi dinginleştirdikten sonra, düşünceler hızla geri geliyorsa bunları yola sokmanın kolay bir çalışması var. Kafanızın içinde günlük işler çok yer kaplar. Kâğıt üstündeyse az yer tutar. Aklınıza gelen tüm işleri ve düşünceleri küçük bir ajandaya yazın. Eskiden kafamda elli tane iş olurdu ama çoğunu yapamazdım. Şimdi çalışmalarımı not alıyorum, sıraya sokuyorum ve birini yapıp, sonra ötekine geçiyorum.

Artık enerjimi gereksiz düşüncelere yönlendirmiyorum. Enerjimi sakinliğe ve dinginliğe yönlendirmeyi seçiyorum. Sakinlik ve dinginlik içerisinde hayırlı yeni fikirler gelmeye başlıyor. Aslında hep vardı ama biz kafamızın içindeki gürültüden dolayı bunları pek duyamadık.

NÖTR NOKTASI

Hakikati hissedebilmek için hiçlik noktasına doğru adım atmak gerekir. Bir damlanın okyanusa düşmesi gibi. Damla bile değiliz aslında. Zerrenin zerresiyiz, okyanusun içinde. Oysa bizlerin zerresi bile olamadığımız bu okyanus bile, yaratılmışın içerisinde zerrenin zerresi bile değil.

Zerrenin zerresi bile olmadığımız bir sistemin içerisinde, Yaradan neden insanoğluna bakıp da "Halifemi yarattım" dedi? Bu önemli durumu kavramaya çalışın. Sizin yapmaya çalıştığınız kendi nefis elbisenizden sıyrılıp okyanusa düşen bir damla olabilmek. Şeytanın göreviyse sizi dünyalıkların peşinde koşturtup olabildiğince oyalamak ve Yaradan'a ulaşmanızı engellemek... Oyunun genel senaryosu bu. Bu durumun detaylı hali Kuran'da gayet net ve anlaşılır bir şekilde anlatılmıştır.

Okyanusa düşmek düşüncesi ilk zamanlarda beni fazlasıyla ürkütürdü. Yok olacağım korkusuna kapılırdım ki bu korku Allah'a tam teslimiyetimi engellerdi. Hayat vakti gelen kişiyi okyanusa bırakıyor.

Nasıl mı?

Toprağın üzerindeki bir damla su buhar olur, göğe yükselir ve diğer buhar olmuş su zerrecikleriyle birleşmeye başlar. Rüzgârlar o bulutları alır ve bir kısmını okyanuslara, bir kısmını da toprağa iade eder. Bizler de buhar olduk, göğe yükselip diğer kendimiz gibilerle buluşup okyanusa ulaştık.

Kendi varlığınızdan geçmeye başladığınız zaman, yaratılmış bütünü hissetmeye başlıyorsunuz. Siz ve diğer her şey aslında tek bir yaratılmış zerre gibi... Bu yolda yaşadıklarımı en derin noktasına kadar ileriki dönemlerde yazmaya niyet ettiğim *Allah'a Kul Olabilmek* kitabında paylaşmaya çalışacağım. Niyet ediyorum kolaylıkla ve sağlıklı bir şekilde olsun.

Hayatımda her şeyin Allah'tan olduğunu kabullenmeye başlayınca, insanları daha farklı dinler oldum. Mesela karşıma biri gelip övündüğünde o an duruyor ve ona tepki vermek yerine "Şu an karşımda oturan bu kişi bana ne anlatmaya çalışıyor? Ben nerede övündüm acaba?" diye düşünüyorum. Kendimi dengeye alıyorum ve ben dengeye geldikçe alanımdaki kişiler de bir şekilde dengeye gelmeye başlıyorlar. Tabii vesvese verenler de bunun tersi için etrafı karıştırmakla her zaman meşguller.

En önemli kısım dengede ve anda kalabilmek. Dengedeyken ibadetlerimiz sırasında, özellikle de zikir ve namazlarımızda yüksek enerji üretebiliyoruz.

Ben de olayları yargılamadan, haklı ya da haksız bulmadan, sadece gözlemliyorum ve o olayın içindeki ilahi bakışı ya da vesvese verenlerin oyununu hissetmeye çalışıyorum. Neredeyse insanların çoğu tesir altındalar ve ziyandalar.

Allah'ın hakikatini hissetmek istiyorsanız, hayatı yorumsuz, yargısız, nötr görmeniz gerekir. Eğer yargılar ya da olayın içine bakış açısı katarsanız, elde edeceğiniz sonuç sadece kendi kısıtlı ve taraflı değerlendirmeniz olur.

Bazen biri gelip arkadaşını çekiştirir bana. Hiç yorum yapmadan ve yargılamadan dinlerim onu... Oysa eskiden çok anlam katardım olaylara. Kendi filtrelerimden geçirir, süzer, değerlendirirdim. Oysa şimdi, sadece akışa bırakıyorum. Bana öğretmeye çalıştığı şeyi anlamaya çalışıyorum. Dengede kalarak karşımdaki kişinin de dengeye gelebilmesi için Allah'a dua ediyorum.

Dünyadaki hayatınız sınırlı ve kısa bir süre... Dünya saatine göre belki uzun sayılabilir ama ahiret zamanına göre göz açıp kapayacak kadar kısa bir deneyim... Üstelik bu dünyaya tekrar gelme şansımız da yok. O yüzden bu hayatı en doğru, en hayırlı, en güzel şekilde yaşamamız gerekiyor.

Yaratılmış her şeyi, Yaradan'dan ötürü sevme vakti geldi.

Hayatımda elimden geldiğince bunu uygulamaya çalışıyorum. Vesvese verenler o an bana bir şey yapamıyorsa, anında etrafımdakilerden birine musallat olup onun dengesini bozmaya çalışıyor. İbadetlerini fiziksel uygulamalarla yapıp aura alanlarını güçlendirmeyen kişiler genelde tesir altında kalabiliyorlar. Bazen de yorgun, uykusuz, beslenemediğimiz veya duygusal iniş çıkışlarımızın olduğu dönemlerde vesveseye yem olabiliyoruz. Bu sebeple aman uyku ve beslenmenize dikkat!

Sürekli dengenizi bozan tahriklere maruz kalıyorsunuz. Bu tahriklerin bir kısmı geçmişinizle veya şu anki durumunuzla bağlantılı olabilir. Durumdan sağlıklı bir şekilde arınabilmek için en azından size ait olanları o alandan çıkarmanız gerek. Affedemedikleriniz, bağışlayamadıklarınız, geçmişteki olumsuz defterleriniz... Her şeyi hızlı bir şekilde bağışlayın, affedin ve helalleşerek şifalandırın. Şeytan bu tür durumları koz kullanarak kullanmayı, zihninizi meşgul etmeyi ve sizi oyalamayı sever. "Yani onların yanına kâr mı kalacak? Hayatta affetmem!" der... Bu sözleri siz mi ettiniz sanki? Yanılıyorsunuz! Bir daha düşünün...

Hayatımda bana zarar veren, beni üzen, arkamdan konuşan, iftira atan, kısacası ben izin verdiğim için yapmadıklarını bırakmayan herkesi affettim ve onların da Allah'ın hakikatini bulabilmeleri için dua ettim.

Dua ederken herkes için dua ediyorum. Bu gezegendeki herkesin gönül gözünün açılmasını diliyorum. Gezegendeki hayvanların, bitkilerin yürekleri merhamet dolu insanlarca korunmaları için dua ediyorum. Bir de Allah'a kulluk eden bizim zaman dilimimizdeki ve başka tüm zaman dilimlerindeki, tüm boyut ve âlemlere de dua ediyorum.

Yaratılmış her zerrenin, Allah'ın nuru ve merhametiyle şifa bulması niyetiyle...

RUHUNUZLA BÜTÜN OLUN

Ruhumla ve bedenimle nasıl bütün olabilirim?

Bu öyle bir güzel duygudur ki, bunu başarabilenler sakindir, dingindir, huzurludur, akıştadır... Hayatta hiçbir şeyi kontrol etmeye çalışmazlar. Gözlemcidirler. Müdahale etmeleri gereken yerlere de her boyuttan müdahale ederler. İşte onlar, ruhlarıyla bir bütündür. Daha da önemlisi yaratılmış her zerreyle bir bütün ve iletişim içinde olduklarına inanırlar.

Nefsiniz ya da yaygın tanımıyla "egonuz", ruhunuzla bedeninizin iletişim içinde olmasına müsaade etmek istemez. Negatif enerji ürütmekten yanadır ego... Negatif enerji üreten bir bedende zihin sürekli panik halindedir. Panik halde olan bir zihin kendi ruhunun sesini duyamaz.

> ***Bu dünyada size verilen sınırlı nefesinizi ve sınırlı kalp atışınızı, bu dünyadan giderken yanınızda götüremeyeceğiniz şeyler için harcamayın.***

Bir enerjiniz var ve bunu sizi Rabb'inize ulaştıracak yollara çıkabilmek için kullanın.

Sevin; yüreğinizde sevgi olsun. Sevgi sizi genişletecek, yüceltecek, Allah yoluna iletecek.

Hoş görün... Hoşgörünün de bir sınırı var, evet... O sınırı siz koyuyorsunuz. Sizin işinize gelmediği noktada hoşgörünün sınırı bitiyor.

Anda kalmayı çözebilseniz, hayatınızdaki birçok şeyin zaten kendi başına yoluna girmeye başladığını fark edeceksiniz.

İnsanlar öldükleri zaman uyanacaklar. Siz ölmeden uyanmayı seçin. Çünkü öldüğünüz zaman çok geç olacak. O zaman hakikati göreceksiniz, çok pişman olacaksınız. İlahi kitaplarda da inanmayanların öldükten sonra yaşadığı pişmanlık anlatılır. Onların dönüp, hatalarını düzeltmek istediği söylenir ama artık dönüş yoktur. Bu nedenle fırsatınız varken, şimdi kalan vaktinizi hayırlı çalışmalar için kullanın.

"Aldığım her nefesin Allah yolunda olmasına niyet ediyorum."

Ben bir melek değilim. Mükemmel de değilim. Kızdığım, hazmedemediğim şeyler oluyor. Artık bunu eskisi kadar uzun sürdürmemeye gayret gösteriyorum. Olumsuz duygular beni içine doğru çekmeye başladığında, eskiden durumu fark edemezdim, şimdiyse enerjimin düşmeye başladığını anlayıp müdahale ediyorum. Önlemlerimi alıyorum. Bu bile büyük bir nimet.

Kendimi daha sakin bir şekilde telkin ediyorum, "Yine kaymaya başladın. Sevgi frekansına geri gel!" diyorum. "Öteki yolları denedin ve seni bir yere götürmedi, hatırla..."

Bedeniniz ve ruhunuzun bir bütün olmasını istiyorsanız, her şeyi hoşgörü frekansında görmeniz gerekir.

SEVGİ, HOŞGÖRÜ, MERHAMET

Sevgi, hoşgörü, merhamet... Allah'a giden yol burası...

Onun dışındaki bütün yollar sizi oyalayacak, farklı yerlere çekecektir. Anlamadığınız ya da çözemediğiniz başka yerlere sürükleyecektir.

Sevgi, hoşgörü ve merhamet bilincini hayatıma da uygulamaya çalışıyorum. Birini dinlerken, yargılamadan dinlemeye çalışıyorum. Doğru veya yanlış bana bir şey anlatıyor. Onun doğrusunu da yanlışını da sakin bir şekilde dinlemeye çalışıyorum. Eğer onu dinlerken öfkelenmeye başlarsam, bunun ego ile şeytanın ortak bir çalışması olduğunu anlıyorum.

Dinlediğim kişiye diyorum ki: "Sonra konuşalım. Şu an içimden geçmişteki Bülent'e ait bir şeyler hareketlenmeye başladı. Bu devam ederse ya kükreyecek ya kızacak. Devam edersem kavga çıkacak... Seni sonra dinleyeyim..."

İnsanlar arasındaki tartışmaların çoğu, beklentilerden kaynaklanıyor. Birçok insan yazık ki farkında olmadan bunu yapar.

Karşınızdakinin anlattıklarından farklı şeyler anlıyor olabilirsiniz. Bu algınızla ilgili bir sorundur aslında ve maalesef tartışmaları da başlatan küçük ama etkisi büyük sorundur. O anlatmak istediğini doğru anlatamıyor, siz beklediğinizi bulamıyorsunuz. İş sonunda giderek ciddi bir iletişim bozukluğuna dönüşüyor. Dikkat ederseniz büyük sorunların çıkışında bile incir çekirdeğini doldurmayacak bahaneler söz konusudur.

İşte bu yüzden ben de biriyle konuşmaya başlamadan önce şu şekilde dua ederim, elbette size de öneririm:

"Allah'ım ne olur, şimdi yapacağım konuşmada her iki taraf birbirini en hayırlı şekilde anlasın ve her ne olacaksa her iki tarafın ve bütünün hayrına olsun. İlişkimiz senin ilahi koruman altında olmasına niyet ediyorum..."

Bu duayı okuduğumda konuşmam genelde dengede gider. Karşımdakinin ağzından olumlu şeyler duyarım ve kendim de rahat, sakin bir şekilde niyetimi ifade edebilirim. Çünkü aslında siz karşınızdakinin o da sizin düşüncelerinizi duyuyor. İnsanlar, birbiriyle telepatik bir iletişim de kuruyorlar...

Bu güzel duayı yaptıktan sonra içinizde olumsuz duygular doğmasına izin vermeyin. "Ben ona haddini bildireyim, kimin haklı olduğunu görsün, zaferimi elde edeyim, onu ikna etmeyi başaracağım" gibi negatif bir algı yüklenmeyin. Çatışma enerjisiyle başladığınız hiçbir iletişimde başarılı olamazsınız. Saf, temiz ve barışçıl bir amaçla yapmanız çok önemli.

KORKTUĞUNUZ ŞEY BAŞINIZA GELİR

Hayatımın bir döneminde kiramı ödemekte çok zorlandığım zamanlarım oldu. Ay başı gelip çattığında ev sahibimin aramaması için dualar ederdim. Ben böyle der demez ev sahibim başlardı telefonumu çaldırmaya. "Aklıma sen geldin, aramak istedim. Kiranı geciktirdin" derdi...

Ben mi onun beni düşündüğünü hissettim yoksa tam tersi oldu da o benim düşüncelerimi mi duydu bilmiyorum. İşin o kısmını elbette Allah bilir. Fakat düşüncelerimizle bile birbirimizle iletişim kurduğumuz muhakkak...

Bir işi yaparken "Şimdi sorun çıkacak" duygusuna kapılıyorsanız emin olun o işte bir sorun çıkacaktır. "Her şey yolunda... Her şey çözülecek..." diye düşündüğünüzde de önünüzdeki engellere rağmen o işler kendiliğinden çözülüverir... Düşünceleriniz enerjidir. Enerji de maddeye tesir eder ve olayları yönlendirir.

En dengeli yol, huzur ve sevgi frekansında olabilmektir.

Bir şeyden korkuyorsanız, başınıza gelir.

Birine korkarak ya da beklentiyle yardım ediyorsanız, o işin içine vesvese karışacaktır ve yardım ettiğiniz taraf size teşekkür bile etmeyecek, sizin de maalesef sinirleriniz bozulacaktır. Korktuğunuz yine başınıza gelecektir.

Örneğin birine korkarak kefil olursanız elbette o işe de vesvese verenler gelir ve kefil girdiğiniz arkadaşınıza musallat olurlar. O arkadaşınızın işleri kötü gider ve borcunu ödeyemez. Siz de hem paranızdan hem arkadaşınızdan olursunuz.

Allah'ın adıyla başlamayan ve gönülden emanet edilmeyen her şeye vesvese bulaşır.

DÜŞÜNCELERİNİZ SİZİNLE OYUN OYNUYOR

Düşünceler size nasıl oyun oynar?

Şöyle ki, sabah kalktınız ve evin içinde aradığınız bir eşyayı bulamıyorsunuz. Anında zihninizde birtakım vesveseler harekete geçer:

"Yine bunu buradan kim kaldırdı? Yine nereye koydular?"

Vesveseler kendilerine böylece güzel bir fırsat bulmuş olurlar ve olayı giderek büyütürler... Olumsuz bir düşüncenin zihninizde tutunabilmesi için daha büyük bir düşünceyi size doğru çekmesi gerekir. Sıradaki düşüncenin daha sert, daha etkili ve güçlü olması gerekir ki zihninizi fazlasıyla meşgul edebilsin, oyun başlasın.

Sabah uyandığınızda zihninize gelen ilk olumsuz düşünceden hemen sonra peşi sıra diğerleri de tren vagonları gibi dizilirler.

"Zaten bu evin içinde bana kimse değer vermez! Bana değer verselerdi eşyalarıma saygı duyarlardı. Ben zaten bu evdeki insanları anlayamıyorum..."

Vesvese daha büyük ve derin dalgalar oluşturarak kontrolü ele geçirmeye başlar. Enerjinizi aşağı çekerek, sabah uyandığınızda var olan taze ve yüksek enerjinizi düşürür. Vesvese verenler her zaman korkuyla beslenirler.

Hele bir de o gün yorgunsanız, hastaysanız, duygusalsanız ya da maddi birtakım sıkıntılarınız varsa, zihninizi çok daha kolayca ele geçirecek ve sizinle dilediği gibi oynayacaktır:

"Zaten senin paran yok! Zaten yapamıyorsun! İnsanlar zaten seni sevmiyor. Bu dünyada ne işin var?" şeklindeki olumsuz yakarışlar derhal baş gösterir...

İşin özetinde vesvese size şunu dayatıyordur:

"Öl ve kurtul!"

Nefisle şeytanın oyunu sizi pes ettirip intiharın eşiğine getirmektir...

Maalesef bu tuzağa düşen o kadar çok insan var ki... Olumsuz düşüncelerle bunalıma girip hayatlarına son verenler yok değil...

Vesvese verenlerin diğer bir oyunu da kişiye panik yaşatmaktır. Yazık ki paniğe kapılan kişi o an için öleceğini sanır. Kaçacak delik arar. Belki o panik duygusuyla hatalı davranışlar sergiler ve kendisi için tehlike yaratır. Oysa bir bilse ki bu sahte bir düşüncedir ve bir müddet sonra geçecektir. İşte o vakit kılıcını çekebilecek, paniğe telim olmayacak ve bu vesveseyi ikiye bölebilecektir.

"Allah'ım sana emanetim ve sana teslimim.
Her ne olacaksa razıyım ve senden olana kabuldeyim.
Sana güveniyorum."

Bu duayı edin ve derin bir nefes alın. Zihninizdeki şarlatan vesvese verenler tutunamayıp gideceklerdir.

Eğer şu an böyle bir oyunun içindeyseniz, hemen bu oyundan çıkın. Zihninizde olumsuz konuşan ve sizi korkutarak enerjinizden beslenen işe yaramaz bir vesveseyle muhatapsanız, bilin ki o vesvesenin boyu bir karış ve siz dev gibi büyük bir sevgisiniz. Allah bize her zaman kâfidir.

Allah'ı her zaman sevgi ve aşkla zikredin. Bu şekilde ruhsal ve bedensel enerjiniz yükselecektir. Sadece size değil, enerji alanınız içerisindeki birçok kişiye faydanız olacaktır.

ZİHNİNİZDEKİ SESLERİN ÇOĞU SİZE AİT DEĞİL

Zihnimiz sabah uyandığımız andan itibaren sürekli düşünce üretmeye başlar. Düşüncelerinizin çoğu birbiriyle ilgisiz, tutarsız ve anlamsız şeylerdir genellikle. Kafanızın içindeki seslerin çoğu zaten size ait değildir. Bunu ben de zamanla ve bazı denemelerim sonucunda fark ettiğimde çok şaşırmıştım.

Kalabalık bir ortama girdiğinizde dikkat edin. Kafanızın içinde derhal seri bir şekilde birbirinden kopuk düşünceler oluşmaya başlar ve dışarıdaki sesleri bir süre sonra duyamaz olursunuz. Yavaş yavaş zihninizin içerisinde olumsuz ve anlamsız korkular, endişeler, beklentiler ve hesaplaşmalar ortaya çıkmaya başlar. Bu düşünceler silsilesi ardı arkası kesilmeksizin sürüp gider. Siz de bir şeyleri kafanıza takmaya ve kendinize sıkıntı yapmaya başlarsınız.

Oysa o ortama girmeden önce gayet iyiydiniz. Zihninizde oluşmaya başlayan düşünceler her neyse aslında siz bulunduğunuz ortama girmeden önce zihninizde yoklardı. Öyle bir derdiniz yoktu ama o ortama girmenizle birlikte zihninize birtakım düşünceler akmaya başladı.

Peki bu düşünceler nereden geldi?

O düşünceleri büyük ihtimalle yüksek bir duyguyla ortamda bir başkası düşünüyordur ya da çok daha yüksek bir titreşimle o düşünceleri o mahallede veya bölgede düşünen birileri de olabilir...

Kafanızın içindeki seslerin çoğu size ait değil. Girdiğiniz ortamdaki, bölgedeki hatta sevgi ya da öfke bağıyla bağlı olduğunuz kişilere ait olabilir. İnsanlar telepatik yolla da iletişim kurarlar. Pek az kişi bunun farkındalığını yaşar. Bunun en basit örneği düşündüğünüz arkadaşınızın sizi hemen araması ya da bir yerde karşınıza çıkmasıdır.

Bir grup insan bir odada hiç konuşmadan otursalar da birbirleri hakkında birçok şey öğrenebilirler. Her biri enerjilerini yayar ve o enerji birbirlerinin alanlarına geçer, böylece karşılıklı his ve bilgi akışı başlar. İçlerinden düşüncelerini susturmayı bilenler, diğerlerinin düşüncelerini hissedebilirler.

Düşünceleri duymakla, o düşünceleri yaşayarak etki altına girmek farklı iki durumdur. Eğer sürekli alınganlık, vesvese, öfke, kırılganlık, endişe frekansında yaşarsanız enerjiniz düşük olur. Diğer insanların düşünce, duygu halleri sizin kafanızda yansımaya başlar. Ortamda biri mutsuzsa, siz de yavaş yavaş mutsuz olmaya başlarsınız. Ortamda biri gergin ve sinirliyse, sizin de enerjiniz düşmeye başlar. Kısacası, farkındalıktan uzak yaşayan birçok kişi başkalarının ruh hallerini yaşayabilirler.

Zihnimizin içerisinde neler var?

- Kendi hayatımıza ait düşünceler (korkular, endişeler, beklentiler, affedemediğim olaylar, hesaplaşmalar, gönül yaraları)...

- Yakın enerji alanımızdaki kişilerin duygu halleri ve düşünceler.
- Enerjisi yüksek (olumlu ya da olumsuz), enerji alanımızdan çok daha uzakta bulunan kişilerin duygu halleri ve düşünceleri.
- Negatif boyuttaki varlıkların vesveseleri.
- Öte âlemdeki yüksek ruhsal enerjiye sahip şehitler, kutup, evliya, veli, peygamber ve ismini bilemediğimiz atalarımızın enerjileri.
- İnsanları kontrol amaçlı kullanan zihin kontrol sistemleri.

Bu yazdıklarımın çoğunu fark etmeniz uzun yıllarınızı alabilir. Aslında yıllarınızı alan illüzyon, elbette hayatın gerçekleri masalıdır... Bu masalları gerçek sanıp ciddiye almanızdır.

Kısacası kafamızın içi çok karışık ve bu karmaşanın büyük kısmı aslında bize ait bile değil. En kötüsü hiçbir şeyin farkında değiliz.

Hepimiz gözlerimizi dünyaya açtık ve öğretildiği şekilde büyümeye devam ediyoruz, yine bize öğretildiği şekilde yaşıyoruz ve maalesef günün sonunda yapmak istediklerimizi yapamamış, mutsuz, öfkeli ve kalbimiz kırgınlıklarla dolu ölüp gidiyoruz.

İnsanlar en çok şu konuda yanılıyorlar. Kendileri ve sevdikleri adına oluşturabilecekleri güvenli alanın dünya malıyla mümkün olabileceğine inanıyorlar. Dolayısıyla dünya malını temin etmek için bütün hayatlarını harcıyorlar. Sevdikleri için mal istiflemeye çalışıyorlar. Faizin hüküm sürdüğü ekonomik sistemlerden destek almaya çalışıyorlar. Faiz bir ülkenin çekirdek ailesini yok etmek için kullanılan silahlardandır. Faiz sistemini yok edemezsiniz ama kullanmayarak dışında kalabilirsiniz.

Nasıl mı?

"Allah'ım verdiklerine, emanetlerine şükürler olsun..." demeyi bilerek.

En güzeli paranızı biriktirin ve her ne almak istiyorsanız öyle alın.

Sistem bizi hipnozla güdüyor. Sürekli tüketim yapmaya sevk ediliyoruz. Kredi çekmeye ve daha iyisini satın almaya yönlendiriliyoruz. Faiz elinize bir kez bulaştığında enerji alanınız da kirlenmeye başlıyor. Faize dikkat edin. Malınızın faizle arttığını sanıyorsunuz ama başka yerden eksiliyorsunuz.

İşinizi büyütmek için kredi alıyorsanız, defalarca düşünün. Kredi kartlarınızı mecbur kalmadıkça kullanmayın. İlle de bulundurmak istiyorsanız limiti düşük bir tane kredi kartınızın olması kâfi.

Dünyanın birçok yerine yaptığım yolculuklarımda, krediler ve kredi kartları yüzünden boşananları, yıkılan yuvaları ve iflas eden şirketleri gördüm. Ben de elimden geldiğince gördüklerimi paylaşmaya niyet ediyorum. Seçim her zaman size ait...

MUTSUZLUĞU BENİMSEMİŞ İNSANLARA DİKKAT!

Mutsuzluğu benimsemiş, sürekli endişe enerjisi yayan, mutsuz, hırslı, öfkeli insanlarla uzun süre bir arada kalmayın. Bu kişi ailenizden biriyse eğer ona bu olumsuz düşünceleri her ne kadar gerçekçi bile olsa, her şeye rağmen Allah'a şükredip hayatın güzelliklerine odaklanması gerektiğini ısrarla hatırlatın.

Mutsuz kişiler genelde ya kurban bilincindedirler ya da her konuda her şeyi kendileri bilirler ve hep haklıdırlar. Duygu halleri sürekli aynı döngü içerisindedir ve o döngüye hapis olduklarının farkında değillerdir. Aslında tek bir adım atsalar bile o döngüden çıkacaklardır ama bunu bilmezler. Bu olumsuz döngüden nasıl çıkılacağını *Evrenin İlahi Dili – Uyanış* kitabında sevgiyle paylaştım.

Yemek yerken dikkat edin... Sofrada hangi modda olduğunuzu takip edin. Yemek masasında birçok olumsuz düşünce, bilinçaltınıza çok daha hızlı yerleşir. Bunu hatırlayın ve yemek masasında her zaman güzel şeyler konuşun.

İçsel olarak yapmanız gereken şey, karşınızdaki olumsuz kişiye rağmen bulunduğunuz ortama dua ve sevgi enerjisi yayarak, alanın enerjisini yükseltmektir. Hayatınızdan atamayacağınız olumsuz insanlar varsa, onlara sevgi gönderin.

"Ona mı göndereceğim? O bana değer vermiyor ki. Yıllardır konuşuyorum ama o hayatta değişmez..." gibi düşüncelerle egonuza yenilmeyin.

Bu da sizin sabır ve şükretme sınavınızdır...

Siz iyi bir insan olduğunuza inanıyorsanız, o halde neden enerji alanınızın içinde olumsuz biri var? Bu soruyu kendinize dürüstçe sorun. Ya size, sizde eksik olan bir parçayı gösteriyordur ya da gizlediğiniz bir yönünüzü açığa çıkararak size şifalanma imkânı sunuyordur.

Bir defasında biri bana "Annemle babam çok kavga ediyorlar. Dedemle ninem de öyleydi. Benim bu durumdan ne öğrenmem gerekiyor?" diye sordu.

Ben de ona "Kendi içine bak. Kimlerle kavgan var?" diye karşılık verdim.

"Kimseyle kavgam yok. Herkesi bağışladım."

"O zaman dön, dışına bak. Belki de Yaradan, seni, bu aileye denge getirmen için göndermiş olabilir. Belki insanların içindeki öfkenin, kinin şifalanması için gönderildin ama sen onlara yardımcı olmak yerine, onları yargılıyorsun. Bir insanı yargılarsan, ona yardımcı olamazsın..."

Eğer enerjiniz güçlüyse, etraftaki kişileri olumlu ya da olumsuz mutlaka etkilersiniz. Hayatınızdaki insanların başarılı olacağına inanmıyorsanız, başaramazlar.

Örneğin, başarmak istediğiniz ve bu uğurda büyük çaba gösterdiğiniz bir projeniz olduğu halde etrafınızda inanmayan insanlarla çevriliyseniz o insanların negatif enerjileri sizi yavaşlatabilir ve hatta engelleyebilir de.

Başarmak konusunda kendinize 5 puan inanıyorsanız, etrafınızdakilerin size olan inançları 3 puanda kaldıysa projeyle ilgili sahip olduğunuz inanç puanınız aslında 2'dir. İnanmayanlar sizin başarınızı 3 puan aşağı çekecektir.

Bir de bunun üstüne siz, "Bana niye inanmıyorsun? Niye yardımcı olmuyorsun?" diye karşınızdakine öfkelenirseniz, yazık ki o 2 puanı yitirirsiniz. Sonuç olarak elde var yine kocaman bir sıfır! Etrafınızdaki birçok olumsuz düşünceli insana rağmen başarmanız tabii ki mümkün fakat bu sizi fazlasıyla yorar.

Bu durum ve kitaplarımda anlatmaya çalıştığım birçok yaşanmış olay binlerce kişide gözlemlediğim ve deneyimlediğim durumlardır.

Eğer Allah yolunda bir işe çıkarken, etrafınızdaki kişiler, özellikle de eşiniz, çocuğunuz, kardeşiniz, anne ve babanız size inanırsa, çok güzel bir yol sizi bekliyor demektir.

"Siz birbirinizden razı olun ki ben de sizden razı olayım."

Bu söz, Yaradan'ın bizler için çok önemli bir mesajıdır... Elbette ki anlayana... Nefsinin elbisesinden çıkabilene... Hissedene...

Vesvese verenlerin en büyük amaçlarından biri, Allah yolunda ilerleyen, hizmet etmeye çalışan kişilerin etraflarındaki kişiler tarafından yavaşlatılmaları, enerjilerinin düşürülmeleridir. Bu sebeple şeytan, Allah yolunda ilerleyip hizmet etmek isteyen kişilerin ailelerine genelde musallat olur. Onlara olmadık hal ve davranışlar yaptırarak, hizmet etmeye çalışanın dikkatini ve enerjisini dağıtmayı hedefler. Şeytanın en büyük isteği budur.

Kulların, kendi zihinlerindeki vesveseyi gerçek sanarak birbirleriyle enerji açısından da çatışma halinde olmaları şeytanın işine gelir.

Hizmet eden kişi eğer etrafındakilere isyan ederse, yürüdüğü yoldan çıkar ve ona verilen görevi tamamlayamaz. Şeytanın oyunu, kişinin etrafındakileri kullanarak onun dikkatini dağıtmak ve başkaları gözündeki güvenilirliğini sarsmaktır. Bu amacını bazen etraftaki kişileri kullanarak, bazen de hizmet edene vesvese vererek gerçekleştirir.

Uyanın!

Başarmak için Allah'tan başka hiçbir şeye ihtiyacınız yok. Bütün güzel sözler, şükürler, dualar O'nadır. Yaptığınız hiçbir şey karşılığında güzel şeyler duymayı beklemeyin. Çünkü beklenti içine girerseniz, negatif enerjiler işin içine girecek ve o sözü duymamanız için karşınızdaki kişinin zihniyle oyun oynayacaktır.

Ömrünüzün sonuna gelmeden uyanmayı seçin. İşte o zaman hakikat yoluna adım atarsınız. Sizi Hak yolundan çevirmek için etrafınızda bir sürü oyun oynanıyor. Bu oyunlara dikkat edin. Bu oyunlar sizi Hak yolundan uzak tutmaya çalışan, ilahi sistemden uzak tutmaya çalışan planlardır.

BEKLENTİSİZ SEVİN, BEKLENTİSİZ BAĞIŞLAYIN

Hayatımızda en çok oyalandığımız duraklardan birisi de, iyilik yapıp kötülük gördüğümüzde, kendi kendimizi yiyip bitirmemizdir.

"Benim gibi iyi birine bunu nasıl yapar?" düşüncesiyle kendimizi yıllarca oyalayıp ziyan içine sokarız. Çünkü bizler hep karşılıklı sevdik, karşılık bekleyerek yardım ettik. Kısacası bir ticaret yaptık ve dolandırıldık. O zaman neden kendi kendimizi yiyoruz? Karşı tarafa neden kötü dualar ediyoruz? Üstelik de bunları iyi birer insan olduğumuzu düşünerek yapıyoruz. Kötülük yapanla, kötülük dileyen arasında enerji açısından pek fark yoktur. Her ikisi de aynı enerjiyi üretir.

En güzeli beklentisiz yardım edin, beklentisiz sevin. Sizi sevse de sevmese de siz yine Allah için sevin...

Kişiler genelde karşı taraf kendisine iyi davrandığında sever, çıkarlarına gelmediği zaman hakkında söylemediklerini bırakmazlar.

Bir insanın gerçek yüzünü, sizinle işi bittiğinde görürsünüz. Sizden alacağını alamazsa arkanızdan demediğini bırakmaz. Bu ayna tutmak değil sevgi ve hoşgörü sınavınızdır. Kim ne yaparsa yapsın, siz onları affedin ve yolunuza devam edin. O kişilerin size yaptıklarıyla oyalanacak vaktiniz yok. Yapmanız gereken daha hayırlı işler var. Hakkınızı helal edin ve siz yolunuza devam edin.

Eğer o insanı sevgiyle hayatınızdan gönderip, onunla uğraşmazsanız, sizin üstünüzden topraklanamaz. Siz ona öfkeyle yaklaşıp, öfkeyle cevap vermediğiniz için olumsuz enerjisi kendi üstünde kalır. Kendi olumsuz enerjisini sizin üzerinizden odaklayamadığında kendi başına iş açar. Siz siz olun laf edenlerle uğraşmayın. Bu oyuna gelmezseniz, ya başka biri üzerinden topraklanacaktır ya da aynı harekete kendisi maruz kalacaktır.

Yalnız bu noktada şu hataya düşmeyin lütfen... Arkanıza dönüp, "Bana yapılanın aynısı ona da yapıldı mı?" diye bakmayın. Böyle yaparsanız olayı hayatınıza geri çekmeye devam edersiniz. Sizin üstünüzden tekrar topraklanmaya başlar.

"Allah'ım bu kişiyle her ne yaşadıysam bağışlıyorum, onu affediyorum ve özgür bırakıyorum..." dediğiniz zaman, dönüp başına kötü şeyler geldi mi diye takip etmeyecek, dardaysa da sevinmeyeceksiniz.

Size her ne yapıyorsa, yaptıklarının bedeli siz bilmeseniz de ona ödetilecektir. Fakat bu beklenti içinde durup beklemeyin. Size düşen sadece bağışlayıp uğurlamaktır. Kimsenin başına kötülük vermek için çabalamayın.

EN BÜYÜK ZENGİNLİK ALLAH'A KUL OLABİLMEKTİR

Hayatımda olayları nötr bir şekilde izliyorum. Yaratılan her varlığı Yaradan'dan ötürü sevmeye başladığım için kalbimde sevgiyi çok daha güçlü hissetmeye başladım. Böylece olayların içindeki rahmani ve şeytani hareketleri algılayabilmeye niyet ediyorum. Bu güzel niyet, Allah'ın hakikatini hissedebilmeye adım atmaktır.

Sevgiyi hissedebilmek çok güzeldir. Çünkü sevgi frekansı hislerinizin daha da güçlenmesine yardımcı olur. Şeytani oyunlardan biri de sizi sevgiden uzak tutmaktır. Sevgiden uzak kaldıkça daha fazla uykuya dalarsınız. Daha fazla olumsuzluklar yaşarsınız. İşleriniz ters gitmeye başlar.

İşte bu noktada ego devreye girip "Sevdik de ne oldu? Başımıza gelmedik kalmadı!" deyip sevgiyle ilgili olumlu algınızı zedeler. Çakranızı yani gönül gözünüzü kapatır. Şeytani hareketler, sizi hakikatten uzak tutmak için elinden geleni yapacaktır. Karşılıksız sevseydiniz, kim ne yaparsa yapsın üzülmezdiniz...

Hayatta size ne yapacağınızı kimse söyleyemez; benim de haddime değil... Sadece kendi hayatımdaki farkındalıklarımı anlatmaya çalışıyorum o kadar. Hayat bir yolculuk... Birçok şey deneyimleme imkânım oldu ve deneyimlemeye devam ediyorum.

Hiçbir zaman, "Ben oldum. Ben biliyorum..." demeyin. Bu yargıyla hayatınıza yeni sınavlar çekersiniz. Kendinize ilahi yolda makamlar, mertebeler vermeye çalışmayın. Her zaman dengede, nötr, Allah'a teslim olmaya çalışın. Ancak bu haller içerisinde olunca dünya simülasyonundan sıyrılıp, Yaradan'a ulaşabilirsiniz.

Derinlerde nefsinizin şeytanla yaptığı bir işbirliği var. Siz sadece kul olun. Allah'ın sıradan bir kulu olun. En büyük zenginlik budur. Bu dünyada makam, mevki, rütbe, etiketlere ihtiyacınız varsa, bunlar içinizdeki eksiklikleri gizlemek için, kendinizi güvende hissetmek için ihtiyaç duyduğunuz bir kamuflajdır.

Elbette eğitim görün, çalışın ve kazanın ama bunu birilerine karşı kendinizi kanıtlamak ya da bir şeye tutunmak için, birinin saygısını kazanmak için yapmayın. En güzel evler, arabalar, imkânlar sizin olsun... Bunların her birinin emanet olduklarını hep hatırlayın. Siz zaten kalbinizin güzelliğiyle değerlisiniz, saygıya değersiniz. Bunun dışındaki bütün haller bir yanılsama...

Elinizdekilere ve sahip olduklarınıza, her zaman şükredin. Şükürden kaçtığınız zaman vesvese sizi yakalar. Şükürden daha iyisi, daha ötesi yok. Her şeye şükredin. Siz şükrettikçe hislerinizin güçlendiğini hissedeceksiniz. Bolluk ve bereketin arttığını, daha huzurlu uyuduğunuzu göreceksiniz.

Hayatıma girip çıkan insanlara artık kızmıyorum. Yazgıma kızmıyorum. Bir şeyin daha iyisini yapabiliyorsam yapıyorum, yapamıyorsam kabulleniyorum.

Her şeyin Allah'tan olduğunu kabuldeyim. Allah'ın bana üflediği nefesini dışarıda aramaktan vazgeçeli uzun zaman oldu. Cevapların çoğu kendi içimde veya yansımalarımda. Yeter ki vesveseyle dikkati dağıtılıp hakikatten uzak tutulmaya çalışılan varlığımı arındırıp Allah'a teslim edebileyim.

Dışarıda suçlu suçsuz, iyi kötü dediğimiz her şey, kendi bakış açımızın yansıması... Bunların hepsi benim bakış açım. Çünkü benim "kötü" dediğime bir başkası "iyi" diyor. Benim "iyi" dediğime başkası "kötü". O zaman, Allah'ın gözündeki iyi ve kötüyü bulmam gerekiyor. O da hakikat kapısıdır. Hepsi Kuran'da açık ve net yazılı.

Hayatımda bunları uygulamaya çalışıyorum. Karşımdaki kişiye, "Amacım seni suçlamak değil... Çünkü seni suçladığım anda ben kendimden bir parçamı ezmiş oluyorum. Tam tersine, gel bunu birlikte çözelim..." diyorum. Siz iyi niyetli adımınızı atın, karşı tarafın da bir şeyleri yoluna koymaya niyeti varsa, her şey zaten yoluna girer.

Özellikle ilişkilerde bu önemlidir. Siz birbirinizden razı olun ki Yaradan da sizden razı olsun... Kulların birbirinden razı olması aslında, enerji alanlarının birleştirilmesi anlamına geliyor.

Bu bir zenginliktir... İnsanları anlayabilmek, onların sizi anlayabilmesi, sakin bir şekilde, haklı ya da suçlu çıkmaya çalışmadan, kibirli olmadan, kendini öne ya da arkaya koymadan, huzurlu konuşabilmek büyük bir servet...

Her toplantımda ya da her görüşmemde her şeyin bütünün hayrına olmasına niyet ediyorum. İçimden bir parça bile haklı çıkmaya çalışıyorsam, dönüp kendimi uyarıyorum: "Şu an egon konuşuyor! Bu sen değilsin...

Derin bir nefes al ve dengeye gel... Allah'ım her türlü vesveseden, kibirden, egosal her türlü durumdan sana sığınırım..." diyorum.

O an zihnim tekrar susuyor ve karşı tarafı dinlemeye devam ediyorum.

Olduğum ortamda herkes kendi fikrini söylüyor, ben de kendi fikrimi söylüyorum. "Kim hakikate daha yakınsa onunki olsun" diyorum. İlle de benim fikrim kabul edilmek zorunda değil.

Eşimle, dostlarımla ortak bir şeyler yaparken, onların kafasına kendi doğrularımı sokmaya çalışmıyorum. Çünkü ben eğer bunu yaparsam onlar kendi doğrularını bulamayacaklar. Daha da önemlisi belki benimki aslında doğru değil... Bunun sorumluluğunu alabilir miyim? Hayır...

Hislerinize güvenin. Aldığınız kararların sorumluluklarını üstlenin. Karşınızdakine de bu fırsatı tanıyın.

KUL SAYISI KADAR HAK YOLU VAR

Elbette ki benim doğrularımın hiçbir önemi yok. Sizin için sizin doğrunuz önemli...

Unutmayın ki, kul sayısı kadar Allah'a ulaşma yolu var. Ama en kolayı, en güzeli bağışlamak, affetmek, sevgi, hoşgörü, yaşadıklarını kabule geçmek, dünyada tuttuklarının hepsinin emanet olduğunu kabul etmek, kazancından başkalarına da pay çıkarmak, yardım etmek, paylaşmak, hoşgörülü olmak, her ortamda Allah'ın güzelliklerini sevgiyle yaymak, kalbindeki ilahi aşkı başkalarının da hissetmesini sağlamaktır...

Artık uyanın. Nefsiniz, vesveseleriniz sizi Rabb'inize ulaşmaktan uzak tutmaya çalışıyor. Dikkat edin, bu oyuna artık gelmeyin. Sevgi ve hoşgörü frekansına girin ve yolunuza devam edin.

Birçok kişi, "Ben gece gündüz ibadet ediyorum..." der.

Öyleyse ben de onlara soruyorum şimdi:

"Peki, ibadet ettikten sonra başkalarına kızıp onları yargılıyor musunuz?"

Dualarınızı ve ibadetlerinizi bu şekilde kullanmayın. Enerjinizi buralara yöneltmeyin. Hayırlı yerlerde kullanın. Hak yolundan ayrılmayın. Kafanızın içinde oluşan olumsuz olaylarla anında helalleşin. Her kim ya da hangi olay aklınıza geliyorsa, helal edin. Helalleşmek en güzel bağ kesme şeklidir. Helalleştikçe hafiflediğinizi ve hislerinizin güçlendiğini hissedeceksiniz...

BAĞIŞLAYIN VE HAYIRLISINI DİLEYİN

Eğer bir insan size veya atalarınıza haksızlık yaptıysa, bu olay affedilip nötrlenerek sevgiye dönüşene kadar sizin hayatınıza ve sizden sonraki kuşakların hayatına sirayet etmeye devam edecektir. Bu yüzden yaşadığınız herhangi bir haksızlık varsa, hakkınızı arayın çünkü hak yemekle hakkınızı yedirmek aynı şiddette olumsuz bir enerji yaratır. Fakat hakkınızı kavgayla değil, sevgi ve hoşgörüyle arayın. Size haksızlık yapanları bağışlayın. Onları bağışlarken, içinizden siz de af dileyin.

Tam da şimdi içinizden bir ses "Neden af dileyecekmişim?" diye tepki verebilir. Normaldir.

Size birileri bir kötülük yaptığında, siz de onlara içinizden belki kötü dualar etmiş ya da kötü niyetlerde bulunmuş olabilirsiniz. Farkında olmadan benzer enerjileri ürettiğiniz için bu bağı temizlemeniz gerekir. İçinizden af dileyerek haksızlıkların hayatınıza tekrar gelmesini engellemiş ve şifalandırmış olacaksınız.

Haksızlığa odaklanan insanlar her olayda haksızlıkla karşılaşırlar. Otobüste herkes oturur o ayakta kalır. Herkes yemeğini yer ona bir şey kalmaz. Yıllarca çabalar durur, terfi alamaz. Herkese zam yapılır ona yapılmaz. Herkes güzel sözler duyar, o duyamaz.

Haksızlıklara odaklandıkça, haklı dahi olsanız, algıda seçicilikten dolayı, sadece haksızlığı deneyimlersiniz. Bu yüzden güzel olayları göremeyebilirsiniz. Olumsuzluklarla oyalanmayın. Neye odaklanırsanız onu yaşarsınız.

Kırmızı bir araba almayı düşünüyorsanız, gün boyunca her yerde kırmızı arabalar görürsünüz çünkü dikkatinizi en çok onlar çeker. Aynı şey korkular, beklentiler ve diğer duygular için de geçerli. Her neyden korkuyorsanız, etrafınızda o korkuyu veren şeyi görürsünüz.

Eğer içinizde haksızlığa uğrama korkusu varsa, artık bundan kurtulun. Helalleşin ve temizleyin. Siz bunu düşündükçe sürekli hayatınıza çekmeye devam edeceksiniz. Ya kendi hayatınız içinde deneyimlersiniz ya da başkasına yapılanları görürsünüz.

"Allah'ım bana yapılan tüm haksızlıkları şu andan itibaren kabule geçiyorum, bağışlıyorum ve hepsinin şifalanması için senin katından yardım istiyorum. Bana haksızlık yapanlara ben içimden kötü bir söz söylediysem, onlardan özür diliyorum, lütfen onlar da beni affetsinler. Ben hepsine hakkımı helal ediyorum. Eğer hakkımı aramam gereken yerler varsa da cesur olup hakkımı en hayırlı şekilde aramaya niyet ediyorum. Senin ilahi akışına güvenmeyi seçiyorum..."

HIRS VE İNTİKAM DUYGUSU

Kişilerle yaptığım görüşmelerde bazı insanların sürekli bir şeylerden hesap sorma çabası içinde olduklarını fark ettim. Görünür ya da görünmez şekilde...

Bazı insanlar hesaplarını içine atarlar, on yıl da sürse beklerler, en uygun an geldiğinde intikam almaya çalışırlar. Bazılarının intikam almayı düşündüğü insanlar arasında eşi, çocuğu, annesi, babası, kardeşi bile var. İntikamcı kişilikler öyle sabırlıdır ki, yıllarca susup uygun anın gelmesini beklerler. Böylece yıllardır biriktirdikleri öfke ve nefreti dışarı kusarak topraklamaya çalışırlar. Bu bir intikam şeklidir.

Hırs veya intikam o kadar sert bir enerjidir ki insanı tüketip bitirir. İntikamcılar uzun vadede hedeflerine ulaşabilirler. İtici bir güç olarak hırs taşırlar içlerinde... "Günü geldiğinde bunun hesabını soracağım!" diyerek sabırla beklemeye devam eder.

Bu sert ve olumsuz enerjiler, bedende uzun vadede birtakım hastalıklara da neden olurlar... Hayatınıza olumsuz birtakım olaylar çekmeye başlarsınız. İnsan yapısı sevgi ve huzur titreşimine göre oluşturulmuştur.

Hırs, kin, öfke, intikam insanın doğal enerji ayarlarında bulunmaz. Bilakis bu olumsuz enerjiler var olanı, sağlıklı enerji sistemini köreltir, yaralar, tüketir. Bu enerjiler yaşam alanınız dışına çıkmanıza neden olur. Kendi yaşam alanınızı bırakır, birinden intikam almak için bütün hayatınızı ona harcarsınız.

"Sen bu işi başaramazsın! Senden adam olmaz!" diyen birine karşı hırslanarak kendinizi ona kanıtlamak güdüsüyle hayatınızı o işi başarmaya adayabilirsiniz. Hatta başarabilirsiniz de. Fakat emin olun o sonuca ulaşmak sizi çok da tatmin etmeyecektir. Başardığınız halde mutlu olmadığınızı hissedeceksiniz. Kısa süreli bir tatmin yaşasanız da bu uzun sürmeyecektir.

Yaptığım görüşmelerde intikam duygusu içindeki insanların hayatlarında sürekli olumsuzluklar yaşadığına tanık oldum. Kendilerine yapılanı yıllarca unutmayıp bunun bedelini karşı tarafa ödetme hesabıyla dolup taşan bu insanlar, ne yazık ki değerli enerjilerini egolarının en zayıf haline hibe etmiş durumdalar.

Bu anlamda duygularınızı yeniden gözden geçirin. Hırs ve intikam uğruna hayatınızı ziyan etmeyin. Kendinizi kimseye kanıtlamak zorunda değilsiniz. Kanıtlama ihtiyacı büyük bir eksikliktir. Kendini eksik görenler kanıtlama çabası içindedirler.

Şu andan itibaren kendi hayatınızı olması gerektiği gibi yaşayın. Gereksiz hırs ve hesaplaşmalarla yaşam yolunuzun dışına çıkmayın. Enerjinizi gereksiz yerlere harcamayın.

"Allah'ım, içimdeki bütün hırs, öfke, intikam duyguları, her ne varsa bildiğim veya bilmediğim, hepsinin şu andan itibaren şifalanması ve nötrlenmesi için dua ediyorum. Sana sığınıyorum. İçimdeki gizli kalmış bütün hesaplaşmalardan tövbe ve af dilerim. Şükürler olsun."

Hayatımızda yaşadığımız olayları ve içsel açıdan arındırılması gereken durumları, başkaları aracılığıyla fark ederek eksikliklerimizi bir başkasının yardımıyla görebilmeliyiz.

Örneğin, kendime bir konuda yalan söylüyorsam, büyük ihtimalle dışarıdaki alanımda da yalan söyleyen birilerini hayatıma çekerim. Eğer bir konuda kendimi erteliyorsam, hayatımdaki insanların biri ya da birçoğunun beni ertelediklerini fark etmeye başlarım. Kendi içimden söyleniyorsam, etrafımdakilerin de söylendiklerini gözlemlemeye başlarım.

Hayatımızın pek çok noktasında gözlemlediğimiz olayların yansıma şekli vardır. Kendimde arındırmam gereken şeyler, etrafımdaki insanlar aracılığıyla bana gösterilir.

Hayat arkadaşım ya da arkadaşlarımdan biri bana vakit ayırmıyorsa, büyük ihtimalle ben de kendime vakit ayırmadığım için bana ayna tutuyorlardır.

Etrafımdaki insanlar, eğer benimle bir şeyler paylaşmaktan çabuk sıkılıyorlarsa, ben de büyük ihtimalle kendi içimde çabuk sıkılıyor olabilirim.

Zihnimde olan her duygu, her durum yaşadığım ortamda bana başkaları tarafından gösterilir. Buradaki mesajları algılayabilmek de çok önemli... Düşüncelerinizin başkalarından size geri yansıdığını fark etmeye başladığınızda elbette ego yine devreye girerek size sürekli "Bu çok saçma bir düşünce, mümkün değil..." diyecektir.

Her insan birbirine kozmik olarak bağlıdır. Her insan dünyadaki iyiliklerden ve kötülüklerden üretmiş olduğu enerjisiyle sorumludur.

Bu hakikatin iyi tarafını severek kabul ederiz fakat kötü tarafını da şiddetle reddederiz. İçinizde duyduğunuz öfke, enerjisi ya da inancı daha düşük birinin üzerinde patlamaya neden olabilir.

Sabah evde birine kızdığınızda, işyerinizde de başkalarının birbirlerine kızıp bağırdığına tanık olabilirsiniz. Olaylara dikkatli bakmadığınız için ikisi durum arasındaki bağlantıyı kuramayabilirsiniz.

İyi bir gözlemleyici olabilmek için önce nötr olmanız gerekir. Birini yargıladığınızda bakın bakalım dışarıda kimler sizi yargılamaya başlıyor? Dikkatle izleyin.

İçdünyanızın yansımalarını, etrafınızdaki kişilerin davranışlarında fark edebilmeye niyet edin.

HİÇBİR ŞEYİ TAKINTI HALİNE GETİRMEYİN

Elbette deneyimlediğiniz her olay ya da durum bir aynalık mesajı değildir. Bu konuyu lütfen takıntı haline getirmeyin. Attıkları her adımda neyin kendilerine aynalandığını takıntı haline getiren çok insan tanıyorum. Bu takıntılı hal sizi oldukça yorar. Yansımaları yakalama isteğinizi takıntıya dönüştürmeniz de gayet sakıncalıdır. Yolda biri hapşırdığında, "Burada bana aynalanarak yansıtılan mesaj nedir acaba?" diye düşünerek enerji kaybetmeye başlarsınız.

Duygu kimdeyse, sınav ondadır!

Bir olay tecrübe ettiğinizde eğer kırıldığınızı, incindiğinizi hissediyorsanız o halde o tecrübeyle ilgili sınav sizedir. Karşı taraf umursamadığı halde siz umursadıysanız o halde sınav sizedir.

Bu bilgi size acımasızca ya da haksızlıkmış gibi görünebilir ama hayatınızı toparlayıp nötr ve dengede olmak istiyorsanız, hangi olaylara sinirlendiğinizi, hangi olaylara üzüldüğünüzü, kimlere söylendiğinizi, neleri içinize attığınızı bulmanız gerekir. Alınmaya, kırılmaya, içinize atıp üzülmeye neden ihtiyaç duyduğunuzu tespit etmelisiniz.

"Ben neden öfkelenmeye ihtiyaç duyuyorum, neden

üzülmeye ihtiyaç duyuyorum? Neden alınmaya ihtiyaç duyuyorum?"

Bunlar aslında olaylara verdiğiniz tepkilerdir. Aynı olaya bir başkası elbette daha farklı tepkiler verebilirler. Sizin üzüldüğünüz şeyler, başkasını sevindirebilir. Olaylar aynı olduğu halde bakış açıları ve tepkiler değişkendir.

Hassas bir konudur.

Yıllar önce büyük bir seminerdeyim, salonda yüzlerce kişi vardı. Seminerin ortalarında bir bayan ayağa kalkarak "Seminerinize gelirken sizi yargıladım. Fakat semineri dinledikten ve samimiyetinizi hissettikten sonra sizden özür diliyorum..." dedi.

Verdiğim cevap şu oldu:

"Hanımefendi, ben sizden özür diliyorum. Demek ki hâlâ içimden birilerini yargılıyorum ki siz bana hatırlattınız..."

Bir olay ya da durum olduğunda köpürmeden ya da bombayı patlamadan önce orada durup, derin nefesler alarak şunu söylüyorum:

"Kendimi sütten çıkmış ak kaşık gibi görmekten vazgeçiyorum. Kendimi suçlamaktan da vazgeçiyorum. Her olayda hata bulmaktan da vazgeçiyorum."

Şuna dikkat edin! Eğer bir olay sizde duygu yoğunluğu yaratıyorsa "Ben bu olayı hayatıma neden çektim?" diye sorun kendinize. Sizi öfkelendiren olaylarda bunu daima sorgulayın. Diğer doğal durumlarda bu sorgulamayı yapmayın. Trafikte biri kırmızıda geçti diye bu olayda aynalık aramayın, kafa yormayın. Aksi halde ciddi anlamda takıntı yaratırsınız. Allah korusun!

Olayla ilgili herhangi bir duygu hissetmiyorsanız, oradan size ayna tutulmuyordur. Kendinize mesaj çıkarmaya çalışmayın.

Aynalık felsefesini anlamaya başladığınızda, karşınıza çıkan insanların size neler anlattıklarını kolaylıkla fark etmeye başlayacaksınız.

"İçimden gönderdiğimi başkaları aracılığı ile karşımda buldum." Bu sözün içindeki bilgeliği anladıktan sonra içimden şunu söyledim:

"Allah'ım, bu hareketi kendime veya başkasına yaptığım için, bir başkası da gelip, bana yapıyor. Bu konuyla ilgili onlardan af diliyorum. Dersimi almayı seçiyorum. Herkesi olduğu gibi kabulleniyorum ve hayat sınavlarına karışmaktan vazgeçiyorum. Ne öğrenmem gerekiyorsa, kabuldeyim ve dengedeyim..."

Gerçekten ilginç bir deneyimdir. İçinizde bildiğiniz ya da bilmediğiniz hangi tutumunuz varsa, aynı tutumdaki kişileri hayatınıza çekersiniz ve birbirinize ayna tutarsınız. Hayatınıza gelen kişiler size bunu gösterirler.

Şifalanması gereken noktalarınızı başkaları aracılığıyla göremediğinizde, hayatınıza daha sert sınavlar çekersiniz. İnatçı biriyseniz karşınızdaki kişi sizden daha fazla inatçı olacaktır. Sizde olanın kat ve kat fazlası karşınızdaki insanda belirir. Ancak o zaman kendinizdeki eksiklikleri görürsünüz. Sizden daha az kıskanç birini, daha az obsesif birini algılayamazsınız. Duygularını sizden çok daha yüksek enerjiyle yaşayan birini görmelisiniz ki, kendinizde olanı hissedebilesiniz.

Dağınık biriyseniz, hayatınıza girecek kişi ya sizden

daha dağınıktır ya da aşırı tertiplidir. Bu sayede farkındalık yaşarsınız.

Bir olayla karşılaştığınızda köpürmek, öfkelenmek, parlamak ya da tepki vermek yerine şuna niyet edin:

"Allah'ım ben bu olaylardan ne öğrenmeliyim?
Hayatıma bunu neden çekiyorum?
Bunu nasıl şifalandıracağım? Nasıl nötrleyeceğim?
Fark edebilmemde yardımcı ol..."

Bu niyeti yaptığınızda size yansıtılan eksikliklerinizin şifalanması konusunda adım atmış olursunuz.

AYNISINI BAŞKASINDA GÖRMEK

İçinizde herhangi bir olumsuz duygu varsa, o duygu size bir olay ya da kişiyle geri dönüp gelecektir. Bu sayede ürettiğiniz enerji topraklanmış olacaktır.

Başınıza gelen olayların bazılarının neden başınıza geldiğini anladığınızda hayatınızda birçok şey değişmeye başlayacak.

Ben de hayatımdaki birçok şeyi, başkaları bana aynılarını yapmaya başladıktan sonra fark ettim. Kendi korkularımı, endişelerimi, öfkelerimi başkasında gördükçe önceleri isyan ettim. Sonra da kabule geçip, kendimi şifalandırmaya başladım.

Muhteşem bir ilahi enerji sistemi var ve ayarlar tamamen sizin elinizde. Fakat ayarları doğru kullanabilmeniz için artık uyanmanız gerek. Sürekli eleştirerek, yargılayarak, olumsuz enerji dalgalarını sisteme göndererek kendi hayatınızı karıştırıyorsunuz.

Bugüne kadar beni bana gösteren bütün aynalara teşekkür ederim. Onların sayesinde dengeye gelmeye başladım. Onların sayesinde kendimi tanımaya başladım.

"Allah'ım, bu insanlar, beni bana gösterdikleri için teşekkür ederim. Onlara haklarımı helal ettim, niyet ederim onlar da bana haklarını helal etsinler."

Etrafınızdaki karışıklıkları toparlamaya başlamadan önce, kendi içdünyanızı toparlarsanız, etrafınızdaki hayatların da toparlanmaya başladığını göreceksiniz.

Bu aşamada da nefsiniz suçsuzu arayacak, haklıyı haksızı bulacak, herkesi yargılayıp eleştirecek. Nefsiniz, sizi mükemmel bulurken, etrafınızdaki herkesi suçlu hatta namussuz olarak değerlendirebilir. Bunun tam tersini de yapabilir elbette. Etrafınızdaki herkesi iyi, sizi kötü bulabilir.

Nefsiniz, sizi düşünce girdabına sürükleyip orada oyalamak için vesveseyle işbirlikteliği yapar. Egonuz sizi kullanır. İradenizi zayıfken yakaladıklarında sizi bütünüyle ele geçirirler.

Allah inancı güçlü olan insanlarda, vesvese susmaya başlar. Yani kafamın içindeki gereksiz düşünceleri susturmayı başarırsam, vesvesenin ve gereksiz düşüncelerin kölesi olmak yerine, irademle Allah yolunda ilerleyebilirim.

EGO, KONTROLÜ SİZE VERMEK İSTEMEZ

Ego, kontrolü size vermek istemez. Sizi olabildiğince dipte tutup, içsel savaşlarla bölerek yönetmek ister.

Her zaman düşünürüz. Düşündükleriniz enerjiye, enerji harekete, hareket davranışa, davranış karaktere, karakter de uzun vadede yazgıya dönüşür.

Her şey kafamızın içindeki çekim mekanizmasıyla başlıyor. Bu sebeple sürekli arınmak ve tövbe etmek gerekiyor...

Her zaman tövbe edin.

Yargılamayın, suçlamayın. Özellikle de masum bir insana iftira atmayın. Masum insanların etrafında çok güçlü bir enerji vardır ve gönderdiğiniz olumsuz enerji size geri döner.

Zihninizdeki gereksiz düşüncelerin şifalanma vakti gelmedi mi? Siz farkına varmasanız da zihniniz etrafınızdaki her şeyi karıştırır.

İnsanlar birbirlerine kozmik bağlarla bağlıdır. Herkes birbirini az ya da çok telepatik olarak etkiliyor, duyuyor ve hissediyor. Siz bir şahsı içinizden yargıladığınızda, o da size içsel ya da dışarıdan tepkiler vermeye başlıyor.

Ona teşekkür ettiğinizde, sizinle ilgili iyi şeyler hissetmeye başlıyor. Bunlar insanların hayatlarında yeni fark etmeye başladığı ama kolay kabule geçemedikleri durumlar.

Beyniniz o kadar muhteşem bir organ ki öfke, yargı ve eleştiri anında muhteşem bir enerjiyle mıknatıs gibi benzerlerini size çekiyor ve diğer insanlar üzerinden bunları film gibi izliyorsunuz.

OKUMAYA KÜÇÜK BİR ARA VERİN

Kitabın bu bölümünde okumaya biraz ara verin. Elinize bir kâğıt kalem alın. Derin bir nefes alarak son bir aydır hoşlanmadığınız bütün hareketleri düşünün ve birer birer yazmaya başlayın.

Kimlerin hangi tutum ve davranışlarından hoşlanmıyorsunuz?

Hoşlanmadığınız davranışları size en çok kimler sergiliyor?

Bakın bakalım, hangileri başkalarının aracılığıyla oluşmuş?

Hangi hareketleri daha gözlemliyorsunuz?

Kendinizde hoşlanmadığınız hangi hareketleriniz var?

Siz hayatınızı dengeye aldıkça, etrafınızdaki olayları da fark edeceksiniz.

"Allah'ım tüm aynalarımın bana anlattıklarını kolaylıkla anlayabilmeye, şifalandırabilmeye niyet ediyorum."

ERTELEMEKTEN VAZGEÇİN

Artık kendinizi ertelemekten vazgeçin çünkü ertelemek başarıyı yavaşlatır ve geciktirir. Kendi içimde geçmişe takılı kaldığım olaylar ya da affedemediklerim bile maalesef o gün eğer bir fikrim, girişimim ya da ürettiğim bir proje varsa bunların ertelenmesine sebep olabiliyor maalesef. İçimde bir olayı affedemediysem, her ne kadar başka bir işe odaklansam da aklıma gelmeye devam ediyor ve işimi daha sonraya erteliyorum. Sonra yine erteliyorum, erteliyorum, sürekli erteliyorum. Aslında neyi erteliyorum?

Tabii ki kendimi...

Ben kendimi erteledikçe enerjim parçalanıyor ve zayıflıyor. Şunu her zaman hatırlayın: Yarım bıraktığınız her şey, bir sonraki işinizde fark etseniz de etmeseniz de, karşınıza çıkıyor. Sizi yavaşlatıp enerjinizden besleniyor.

Bir şeyi yarım bırakıp başka bir işe geçerseniz, o da yarım kalacaktır. Sonunda fark edeceksiniz ki elinizde yine bir şey yok. Geceleri huzursuz uyuyacaksınız. Yarım bıraktığınız her şey, düşünce boyutunda sizden enerji çalar. Canınız sıkılır. Canınız sıkıldığı için enerjiniz daha da aşağı iner. Yarım bıraktığınız, ertelediğiniz her şey, sizin hayatınızdan bir şeyleri götürür.

"Allah'ım kendimi ertelemekten vazgeçiyorum.
Yarım bıraktıklarımı kolaylıkla tamamlamaya
niyet ediyorum..."

Bu güzel bir niyettir. Bu niyeti yaparken, yine bir kâğıt kalem alın elinize ve bu hayatta neleri yarım bıraktığınızı yazın. Sonra yazdıklarınız üzerinde durup düşünün. Yarım bıraktıklarınızı tamamlasaydınız hayatınızda neler değişecekti? Tamamlamak için artık çok mu geç oldu?

Düşünün!

Hayatta hiçbir şey için geç değildir.

İnsanlar hakikati ya yola çıkmadıkları için ya da yarı yoldan geri döndükleri için bulamazlar.

Adım atın ve başlayın.

O ilk adımı atıp işe başlamadığınız sürece, ilerleyemezsiniz. Gerçekten bir şeylerin değişmesini istiyorsanız dışarıya kaptırdığınız enerjilerinize bakın. Dışarıya kaptırdığınız enerjilerin en büyüğü, yarım bıraktıklarınızdır. Sizi yiyip bitiriyorlar.

Geçmişte affedemediklerinizin ve yarım bıraktıklarınızın sizi ne kadar yorduğunu fark edin.

SİZ BİR OKSUNUZ, HAYAT İSE YAY

Ayağa kalkın, cesur olun... Hedeflerinizin arasına yarım bıraktığınız işleri de koyun.

Kendinizi ertelemekten vazgeçin. Dışarıda suçlu aramayın. Her türlü ertelemeden sonra, "Param olsaydı yapardım. Vaktim olsaydı yapardım. İmkânım olsaydı yapardım. Destekleyen olsaydı yapardım, babam okumama izin verseydi yapardım..." demeyi bırakın. Bahaneler bulmayın.

Tarihe adını yazdırmış insanların çoğu yokluk içinde bir hayat yaşamışlar. Yeterli kaynakları ve imkânları olmamalarına rağmen inanmışlar ve başarmışlar.

> *Siz bir oksunuz, hayat da bir yay.*
> *Sıkıntılar da o yayı geren güçtür.*

Bu sıkıntılar belki sizin hedefinize daha güçlü ulaşmanızı sağlayacak ama siz onu görür görmez erteliyor ve suçlu aramaya başlıyorsunuz.

Bu döngüyü daha ne kadar sürdürmek istiyorsunuz? Bırakın artık ertelemeyi! Kendinizi erteleyerek hiçbir yere ulaşamazsınız. İleride duyacağınız pişmanlıklar sizi daha da yiyecek ve Rabb'inize olan yolculuğunuzu yavaşlatacak. Belki de engel olacak.

Uyanın! Ertelediğiniz her şeyin sebebi sizsiniz.

Hayata geri bağlanın. Enerjinizi toplayın, yarım bıraktıklarınızın bir anda hepsinin tamamlanmasına gerek yok. Adım attıkça şifalandıklarını ve çözüldüklerini göreceksiniz. Niyet etmeniz, başlangıç için yeterli. Gerisi sizin sevginizle oluşacaktır.

Geçmişi hemen affedin. Her ne pahasına olursa olsun hemen şimdi affedin ve kendiniz için adım adın. Kaybettiğiniz her saniye size ait, kendi zamanınız...

GEÇMİŞTEKİ OLAYLARA TAKILI KALMAK

Geçmişte yaşamak, insanı yoran, perişan eden bir durumdur.

Bir gün yaşlı bir teyzeyle konuşuyordum. Bana, "Evladım benim babam çok zengindi. Bizim paşa konağımız vardı. Ailemiz de çok zengindi. Sonra babam kumara merak sardı ve bütün varlığımızı kaybettik. Ben yirmi yaşından sonra hep sefalet çektim. Her sabah uyanıyorum ve akşama kadar o gençlik yıllarımdaki zenginliği düşünüyorum, babama öfkeleniyorum..." dedi.

Ben de kendisine, "O bolluk ve bereket bir dönem size emanetti ve sonra başka birinin hayatına emanet olarak geçti. Siz kabule geçseydiniz belki hayatınıza eski zenginliğinizi tekrar çekebilecektiniz. Ama geçmişe takılı kalarak sürekli enerjinizi oraya gönderdiniz ve hayatınızda yeni bir şey yapamadınız. Üzerinden elli yıl geçti..." diye karşılık verdim.

Geçmişe takılıp kaldığınızda sıkıntı yaşarsınız. Sürekli plak gibi döner, başa gelirsiniz. Bunu ben de yaptım. Eskiden iyi olduğum bir durumu, iyi olmadığım dönemde sürekli düşünüp isyan ettim.

"Eskiden her şey daha iyiydi. Şimdi neden maddi durumum çok kötü?"

Sürekli bunun kavgasını ve hesaplaşmasını yaparak geçmişe enerji gönderdim. Söylenerek şikâyet ettiğim dönemlerde fark ettim ki hayatımda yeni hiçbir şey yok. Hep eski şeyler... Her şey eskiye ait. Eskiye takılı kalmaktan hayatıma yeni şeyler katamamışım. Hep eskiyi düşünmüşüm ve orada yaşayıp söylenmişim...

"Eskiden çok daha rahat tatile çıkardım, çok daha rahat araba değiştirirdim, eşya alabilirdim..." diye söylenenlerin yanı sıra bir de "Dedem zamanında zengindi, neler neler yapabiliyordu. Bize bir şey bırakmadı. Bu yüzden de ben yapamıyorum" diyenler de var.

Atalarınızın geçmişteki mal varlıklarını düşünüp durmaktan da vazgeçin. Her şey geçti gitti. İzin verin sizin için de geçip gitsin.

Daha ne kadar geçmişe enerji göndereceksiniz ve geçmişte yaşayacaksınız? Olmuş bitmiş olaylarla hayatınızı harcamaktan yorulmadınız mı? Geçmişte yaşadığı halde bugünkü hayatına yenilikler katabilen kimseyi görmedim. Bunu siz de başaramayacaksınız çünkü sahip olduğunuz enerjinin büyük çoğunluğunu geçmişe gönderiyorsunuz. Geçmiş sizi eritir ve içine alır...

Geçmişte yaşayan insanların gelecek kaygıları da çok fazladır. Geçmişe gönderdiğiniz enerji kadarını gelecek için de yaşarsınız. Nasıl öderim, nasıl yaparım, nasıl olacak?

Kendinizi artık toparlayın. Geçmiş, yaşandı ve bitti. Size ait değil. Sahip olduğunuz tek şey şu andır. Şu anın kıymetini bilmek yerine halen geçmişe takılı bir halde hayatınızı devam ettirdiğiniz her an ziyandasınız.

Bunu kendimde fark ettiğimde "Allah'ım ne yapmışım

bugüne kadar!" dedim. Evet, geçmişte iyi dönemlerimiz oldu. Şükürler olsun. Varken iyiydi. Gidince niye kötü oldu? Niye şükretmemişim? Neden gelirken güzeldi de gidince kötü oldu?

İşte bu noktada artık kabuldeyim.

"Allah'ım verdiğin ve aldığın her şey için şükür ve hamd ederim. Her şey sendense, o da bir dönemdi yaşandı, deneyimledik, teşekkür ederim. Şimdi bu dönemdeyim, bunu deneyimliyorum. Bunu da kabuldeyim... Daha iyisi için şükrederim."

Geçmişte yaşadığınız olayları toparlamaya başlayınca, affetmeye ve kabule geçince gelecekle ilgili önünüz de açılmaya başlayacak. Buraya dikkat edin. Çünkü yeni enerjiler hayatınıza gelecek ve yenilikler oluşturmaya başlayacaksınız.

Yıllar önce yaşadığınız bir olayı gerçekten affetseydiniz, şu an hayatınız bambaşka bir noktada olacaktı.

Evet, belki biri bize zarar verdi, belki günahsızdık, belki suçsuzduk, belki daha önce farkında olmadan yaydığımız enerjiden dolayı başımıza geldi bütün bu olaylar... Her neden olduysa oldu ve bitti. Geçmişte yaşamayı bırakın. Yaşandı ve geçti. Geçmiş sizi kurtaramaz. Anda yaşamanız gerekiyor.

Kendinize dürüstçe sorun... Yediğiniz yemeğin tadını alabiliyor musunuz? Arkadaşlarınızla yaptığınız sohbetin tadını çıkarabiliyor musunuz?

Alamıyorsanız, ziyandasınız. Hem de büyük bir ziyandasınız. Çünkü neredeyse hayatınızın çoğunu ziyanda geçirdiniz.

Tekâmülünüzü artırmak için, geçmişinizi ve geleceğinizi şifalandırmanız gerekiyor. Onun dışında başka hiçbir yol, çıkış yolunuz değil. Geçmiş ve geleceği affederek, bağışlayarak, o haklıydı, bu haksızdı olaylarından çıkıp, artık hayatta hangi yaşta olursanız olun, yeni bir başlangıç yapmanız gerekiyor. Yeni bir başlangıç yapmazsanız, aldığınız her nefesin hesabını, günü geldiğinde Rabb'inize nasıl vereceksiniz?

"Allah'ım, geçmişte yaşamaktan sana sığınırım. Bütün öfke ve alınganlıklarımdan sana sığınırım. Geçmişteki iyi haldeki varlığımızın gidişinden dolayı isyan etmekten vazgeçiyorum. Şu an hangi durumdaysam öncelikle şükrederim. Kabuldeyim... Kendime ve birilerine söylemekten vazgeçip, hayatımın her yönden daha iyiye ulaşması için adım atmaya niyet ediyorum. Senin izninle maddi ve manevi iyiye doğru ilerlemeye niyet ediyorum."

Bu niyetle adım atın. Eğer zihniniz geçmişten bir olayı hatırlamaya başlarsa, *Evrenin İlahi Dili – Uyanış* isimli kitabımızı bir kez daha okuyup, oradaki uygulamaları lütfen gönülden yapmayı deneyin. Geçmişten arınıp, anda nasıl kalabileceksiniz, evrenin ilahi dilini nasıl anlayacaksınız? Bu soruların cevaplarını elimden geldiğince paylaşmaya çalıştım.

ÖTE ÂLEME UĞURLADIĞIMIZ SEVDİKLERİMİZ

Yıllar önce babamı kaybettiğimde, bu durum içimde çok büyük ve derin yaralar açtı. Sıkıntılar yaşadık. Sürekli isyan ediyordum.

"Baba beni neden bırakıp gittin? Baba bak hayatımızı daha yeni toparlıyordum, sen hiçbir şey göremeden gittin!"

Sonra isyanlarım hep devam etti:

"Nasıl bir hayattır bu? Biz daha ona doyamadan genç yaşta gitti!"

Ayrıca gizli öfke içindeydim ve "Baba, beni nasıl bırakır gidersin!" diyerek kızıyordum ona.

İsyanlar, matemler...

Bu matem hali hayatımda uzun bir sürece yayılmaya başladı. Bir gün değil, bir hafta değil, çok uzun bir süre sürekli isyan edip öfkeleniyordum. Öte âleme giden babama, sevgi ve özlemin dışında, öfke ve hasret enerjisi de gönderdiğimi fark ettim sonra.

Öte âleme uğurladığım babamın arkasından isyan edip söylendiğim bir gün, babamı rüyamda gördüm.

"Artık yeter!" dedi. "Beni özgür bırak."

Anladım ki en çok sevdiğimiz kişiler bile bizleri bırakıp gidiyorlarsa, bu onların kontratı... Bunu artık kabule geçmem gerek... Sonra şu duayı etmeye başladım:

"Allah'ım bütün kaybettiğim sevdiklerim, senin yanında nurların içerisinde yolculuklarına devam etsinler. Huzurlu olsunlar..."

"Keşke yanımda olsaydınız..." diyerek onlara bu enerjiyi göndermek ya da herhangi bir sebepten dolayı onları suçlamak doğru değil. Hangi duygu içinde olursam olayım onlarla helalleşiyorum, kabulleniyorum.

"Her neredeyseniz, mutlu olun. Her neredeyseniz, huzurlu olun. Ben de, burada mutlu ve huzurlu olmaya niyet ediyorum. Günü geldiğinde biz de oraya geleceğiz. İnşallah hepimiz Yaradan'ın cennetinde buluşuruz..."

Buna niyet edelim.

Öte âleme uğurladığınız herkesi özgür ve rahat bırakın. Arkalarından konuşmayın. Onları sakın "öldü" diye düşünmeyin. Ölüm sadece öteki boyuttaki başlangıçtır. En doğrusunu her zaman Allah bilir.

HARAM MAL VE PARA YEMEK

Haram mal ve para çok hassas bir konudur. Para herkesin elde etmeye çalıştığı bir nesne. Bazı insanlar paraya çok düşkündürler, bazıları nefret ederler. Bazıları "Para benim için hiç önemli değil..." der. Bazıları da parayı görmek bile istemez ama sebebini de bilemez. Bazıları da ömür boyu paranın peşinde koşarlar.

Para bir enerjidir. Parayı çekebilmek için çok çalışmaktan daha önemlisi doğru enerjiyi üretmektir.

> *Parayı sevgili gibi düşünün. Peşinden koşarsanız, kaçar.*

Her kim büyük para hayalleri peşinden koştuysa, hayalindeki paraya bir türlü ulaşamadı. Para, onu özgürce seveni sever, düşkün olanı değil.

Parayı alırken mutlu ama faturaları öderken söyleniyorsanız, para size geri gelmez. Alırken de verirken de sevgiyle ve helal ederek verin. Bolluk size geri gelecektir.

Eğer harcarken öfkeyle harcıyorsanız, para size geri dönmez.

Paranın bir enerji olduğunu anladığınızda, bolluk ve bereket de hayatınızda artar.

Helal ve haram para da konunun başka bir boyutu. Atalarınızdan biri geçmişte haram bir şekilde, hakkı olmayan mal edindiyse, kendinden başlayarak soyunda bu enerji nötrlenmeye başlar. Belki talihsiz bir olayla, belki bir kazayla ya da iflasla ama ille de nötrlenir.

Haram öyle bir enerjidir ki, siz ve sizden sonraki kuşakları bile kara delik gibi yutar.

Burada da zihniniz hemen devreye girebilir: "Dünya kadar haram kazanan insan var..."

O insanların hayatlarına dışarıdan değil, içeriden baktığınızda durumun hiç de göründüğü gibi olmadığını anlarsınız. Sizce mutlu aile hayatları var mıdır? Sağlıklılar mıdır? Hiç sıkıntıları yok mudur?

Her enerji kendini nötrler.

"Allah'ım bilerek ya da bilmeyerek hayatıma haram karışmasından sana sığınırım. Ben ve soyum sana emanetiz ve bereketimizin bir tek senden olmasını niyet ederiz. Bizleri maddi ve manevi bolluğunla her zaman desteklediğin için şükrederiz."

KISKANÇLIK, BAŞKALARININ SAHİP OLDUKLARINA HASET ETMEK

Bazen elimizde olmadan, farkında olmadan, bir başkasının sahip olduğu mala, imkâna herhangi bir şeye istem dışı nazar ederiz. Ya da o kişinin eğitim durumunu, aile yapısını, kıyafetini, konuşmasını, şivesini küçümseriz ve kendimizi daha yüksek bir noktaya koyarız. Bunu yaptığımız zaman ister istemez kıskançlık oluşmaya başlar.

Kıskançlık enerji alanımızın eksilmesine neden olur. Bir süre sonra bir bakarız ki hayatımızda ileri doğru değil, geriye doğru gitmeye başlamışız. Bereketimizin azaldığını, kızdığımız ve yargıladığımız, nazar ettiğimiz, küçümsediğimiz kişinin de bereketinin arttığını görürüz.

Bakın ne yaman bir çelişki değil mi?

Kendimizden küçük gördüğümüz, geride bulduğumuz ve yargıladığımız insanların bizim enerjimizle daha da iyiye gitmesini sağlarız.

Akıl bunu algılayıp çözemez. Bu hayatta her kime kıskançlık ya da nazar ettiyseniz, dedikodusunu yaptıysanız, kendi hayatınızdaki güzellikleri ona aktarmaya başladınız, onun hayatından da aksilikleri kendinize çekmeye başladınız demektir.

Hani derler ya:

"Alma başkasının günahını..."

Günahını almak demek, onun alanındaki negatif enerjiyi, durumları kendinize çekmek demektir. Günah, negatif enerjidir. Bunun farkına varın. Kıskançlık yaptığınızda siz de geriye doğru gidersiniz, kıskandığınız kişi de yoluna gayet güzel devam eder. Bereketi açılır. Hem de sizin enerjinizle daha da hızlı ilerler. Onun kusurlarının size geçmesine, sizin güzelliklerinizin de ona geçmesine neden olursunuz.

Kıskanmadan, arkadan konuşmadan, küçümsemeden, alay etmeden, dedikodu yapmadan, kendinizi doğrucu başı görüp başkalarını eleştirmeden önce iki kez değil bin kez düşünün.

Kim arkadan konuşur?

Arkada kalan!

Önde gidenin zaten keyfi yerindedir, kimseyle uğraşmaz.

"Allah'ım bilerek veya bilmeyerek her kimi kıskandıysam, yargıladıysam, dedikodusunu yaptıysam onlardan özür ve af diliyorum. Oluşmuş bütün olumsuz enerjilerin senin katından sağlıklı bir şekilde şifalanması için yardım dilerim. Allah'ım sana söz veriyorum, şu andan itibaren, yarattığın hiçbir varlığı kıskanmayacağım. Kıskanmaktan vazgeçiyorum. Herkesi olduğu gibi kabulleniyorum. Herkesin bereketi farklıdır. Her şeyden tövbe ve af dilerim. Her neyi başardılarsa bunu hak ettiler ve ben onları takdir ediyorum. Hakkım hepsine helal olsun..."

GÖSTERİŞ PEŞİNDE KOŞMAK

Genelde gösteriş yapan insanların en büyük şikâyeti, herkesin gösteriş peşinde koşmasıdır... Aslında fark etmezler ki en büyük gösteriş meraklısı kendileridir. Kendi yaptığı ya da yapmak istediği şeyleri başkalarında görmekten rahatsız olur...

Hiç gözlediniz mi hayatınızda, ne tür insanlar, neler yapıyorlar?

Genelde başarısızlık korkusu olan insanlar, kendini başarılı göstermek için çok çalışır. Hata yapma korkusu olanlar da her şeyi mükemmel yapmaya çalışarak mükemmeliyetçilik gösterir. Bu dünyadaki değerlerin kıyafet, mal, mülk, makam, mevki olduğunu sananlar kendilerini bu gibi konularda öne çıkarmaya çalışırlar. Ömürlerini, dünya malını değerli sandıklarından dolayı, onu yüceltip kendilerini süslerler.

Allah'ın gerçek kulları, hiçbir konuda övünmezler, dünya malı ile kendilerini göstermeye çalışmazlar. Güzel amellerde bulunurlar ve bunları da çoğu zaman gizlerler.

Kişi her konuda bilgili olduğuna inanıyorsa, sahip olduğu bilgi kabı dolmuş demektir. Kabının ne kadar küçük olduğunun farkında değildir. Bu yüzden o küçük kabının içindeki her damla onun için büyük bir dünyadır. O kabı okyanusa boşaltabildiği zaman aslında ne kadar da az şey bildiğini fark edecektir.

Daha fazla mal mülk edinmeye çalışmak ya da daha başarılı olmayı istemek elbette yanlış değil. Fakat bir şeylere sahip oldukça kendinizi nasıl hissettiğinize bakın. Artık daha mı güçlü hissediyorsunuz? Yani cebinizde paranız varken kendinizi daha özgüvenli ve güçlü hissediyorsanız, dikkat gereken bir noktadasınız demektir.

Arkadaşlarınız yemeğe davet ettiğinde cebinizde para olmadığı için bahaneler uydurup o yemeğe çıkmıyor, paranız varken her seferinde yemekleri siz ısmarlamaya çalışıyorsanız, bunun altında acaba hangi korkunuz yatıyor?

Hangi duygu sizi böyle davranmaya itiyor? Neden paranız yokken yardım isteyemiyorsunuz, varken de herkesi koruyup sahiplenmeye çalışıyorsunuz? Neden güçlü görünmeye çalışıyorsunuz?

Neden daha lüks bir araba alma çabası içindesiniz? Neden terfi almak istiyorsunuz? Neden hep marka giyinmeyi tercih ediyorsunuz? Maaşınıza zam alabilmek için neden sevmediğiniz sorumluluklar almaya kalkışıyorsunuz? Daha iyi yaşayabilmek için mi? Neden ailenize karşı bile sahip olduğunuz malın miktarıyla övünüyorsunuz?

Biri sürekli dürüstlükten konuşuyorsa, kendi içinde dürüst olamadığı şeyler vardır ve bu eksikliğini bütünlemeye çalışıyordur. Biri sürekli namustan bahsediyorsa dikkat edin! Acaba neden bu konuyu öne çıkarmaya çalışıyor? Neden birileri sürekli başarıdan bahsediyor?

Bazı anne babalar, sürekli çocuklarına zengin eş bularak kendilerini kurtarmalarını söyler. Kim sırtını zengin dediği bir eşe dayadıysa o eş ya iflas etmiştir ya da bolluğu başkasıyla paylaşmayı seçmiştir.

Uyanın artık!

Bu dünyada mal da yalan mülk de yalan...

Hiçbiri bize ait değil.

Vücudunuzun kasıyla, güzelliğiyle diğerlerinden daha iyi olduğunuzu düşünüp övünmeyin. Hepsi günü geldiğinde elinizden gidiyor zaten. Böbürlenmek, övünmek, büyüklük taslamak, hayatınıza ciddi sınavlar çeker.

Yeni sınavlara ihtiyacınız varsa, büyüklenmeye ve övünmeye devam edin!

Herkes en güzelini yaşamayı hak eder.

Herkesin sizi başarılı ve güçlü bulmasını arzu ettiğiniz için bir araba satın almayı diliyorsanız emin olun kendinizi her zaman yetersiz ve ispat içerisinde bulacaksınız. Duygunuz "Araba kullanmayı seviyorum ve bunu hak ediyorum, Allah herkese nasip etsin" şeklindeyse, adım atın ve ilerleyin.

Sistemin içinde rahat etmek istiyorsanız, hayatınızdaki her şeyin emanet olduğunu kabullenin ve hiçbir konuda gösteriş yapmayın. Büyüklenmeyin, övünmeyin. Malın, mülkün ailenin emanet olduğunu her zaman hatırlayın.

Hiçbir zaman topluluk içinde en şık, en güzel, en güçlü olmaya çalışmayın. Ortamdaki bütün nazarı üstünüze çekersiniz. Gerçekten aklı olan insan, göze batmamaya çalışır. Allah ona her zaman yeter.

"Allah'ım, bilerek veya bilmeyerek, sahip olduğum veya olamadığım herhangi bir şeyle gösteriş yapmaya, böbürlenmeye, öne çıkmaya çalıştıysam kendimden ve herkesten özür dilerim. Allah'ım ne olur beni affet! Bilerek veya bilmeyerek nerede övündüysem beni affet. Makamdan, mülkten ya da her nereden ise, kendimi bir zerre bile diğer insanlardan önde gördüysem, özür ve af dilerim. Yaratılmış her zerreden özür ve af dilerim. Duam ne olur kabul edilsin! Âmin..."

ÖFKE, KİN, NEFRET

Öfke, kin ve nefret oldukça güçlü duygulardır.

Bazı insanların iyi durumlar karşısında bile negatif enerjiler beslediklerini fark ettim. Negatif her enerji, topraklanabilmek için hayatınıza birtakım zorlu olaylar çekecektir. Bu zorlu durum bir hastalık da olabilir, aksilikler, trafik kazası, ölüm, ayrılık ya da maddi kayıplar da olabilir...

Enerji dengelerini fark ettiğinizde, içinizde beslediğiniz kin, öfke ve nefretin ileride size geri döneceğini anlayacaksınız. Bu duygular hiçbir zaman sizi artıya doğru götürmez. Sevgiye dönüşmeyen her durum, sevgiye dönüşene kadar tekrarını hayatınıza çeker.

Bu durumda ego devreye girip size, "Öfkelenmeyeceğim de ne yapacağım? Bana çok kötü davranıyor!" diyecektir...

O halde şunu da düşünün lütfen:

Siz hayatınızın neresinde kendinize kötü davrandınız ki size kötü davranan bir insanı hayatınıza çektiniz?

Size çok basit bir örnek vereyim... Muhalefetteki parti, iktidardaki partiye öfke gönderdikçe, iktidardakini her zaman güçlendirir. Muhalefetteki parti, bütün enerjisini iktidardaki partiyi güçlendirmeye harcar. Eleştirilerinde belki kendince haklıdır ama sonuç alamaz. Oysaki muhalefet partisi, öfke üretmek yerine yeni ve hayırlı projeler üretse, rakip olmak yerine üretken olmaya çalışsa, hem iktidardakini beslemez hem de kendini güçlendirir.

Kendi hayatımda bunun bir benzerini ben de yaşadım. Bir dönem, geçmişte bana zarar veren insanlara çok öfke duydum. Ama onlara uzaktan baktığımda hepsinin hayatının benimkinden iyi olduğunu gördüm... Ben gittikçe boğuluyordum, onların keyfi yerinde. Bu beni daha da öfkelendiriyordu. Onların hayatı daha iyiye giderken, benim hayatım daha kötüye gidiyordu.

"Allah'ım!" diyordum. "Bu nasıl bir adalet? Bu nasıl bir hayat? Onlar bana kötülük yapacaklar ve ben sıkıntı yaşayacağım. Onların keyfi yerinde olacak ben bunu göreceğim..."

Bunu kabullenemedikçe bu durumun hiç değişmeyeceğini keşfettim sonra. Herkes gibi ben de bir enerji jeneratörüyüm. Biriktirdiğim enerjiyi öfke üreterek kızgınlık beslediğim insanlara kaptırıyorum.

Takdir edersiniz ki bu noktada artık haklı olup olmamanızın hiçbir önemi kalmıyor. Haklı ya da haksız olmakla hiçbir yere ulaşamıyorsunuz.

Her zaman dönüp kendinize bakın. Enerjinizi kimlere kaptırıyorsunuz? Kimler sizden enerji alıp gidiyor? Sebebi siz misiniz, onlar mı?

Öfke duyduğunuz herkese enerjinizi kaptırırsınız. Onlar daha da keyiflenir, neşeleri artar; siz öfkeyle boğulur durursunuz. Onlar daha fazla kazanır, kötü insanlar olsalar bile işleri rast gider; siz bu tarafta hiçbir şeye anlam veremezsiniz.

Onlar size kötülük yaptı. Eğer onları bağışlayıp, affedebilseydiniz, yaptıkları kötülük onların hayatına başkası tarafından gelecekti ve nötrlenecekti. Onların yaptığı kötülüğü, onlara kötü enerji göndererek, kendi üstünüzden topraklıyorsunuz. Yani kendi kendinize bir kez daha zarar veriyorsunuz. Onlar size on kötülük yaptıysa, siz onları yargılayarak, öfke göndererek, on kötülük de siz ekliyorsunuz kendinize.

Yaşanan her durum, bir enerji oluşturur ve her enerji nötr noktasına gelir. Denizdeki her dalga etki bittiğinde düzelir ve nötrlenir.

"Allah'ım, her kime öfke, nefret, kin duyuyorsam, sinir oluyorsam, hepsini bağışlıyorum, affediyorum. Şu andan itibaren her kimi içimden yargıladıysam, öfke, kin, nefret gönderdiysem, hepsinden özür ve af dilerim. Haklı dahi olsam, af dilerim. Aramızdaki negatif bütün bağların kesilmesi için senden yardım istiyorum. Bütün negatif bağlar kesilsin. Herkesi rahat bırakıyorum. Artık enerjimi başkasına kaptırmak yerine, kendi hayatımı yeniden toparlayıp, Allah yolunda hizmetlere yönlendirmeye niyet ediyorum."

BEDEN HAKKI

Kendimizi et ve kemikten ibaret bir beden olarak görüyoruz. Bu et ve kemikten oluşmuş bedenimiz, Yaradan'ın bize tekâmül etmemiz için emanet ettiği yapıdır.

Bedenimizi bir araca benzetirsek, ruhumuzu da şoför olarak düşünebiliriz. Fakat bu aracın ne hikmetse her zaman hep iki şoförü vardır: Biri ruhumuz, diğeri egomuz ya da diğer adıyla nefsimiz...

Hayatın büyük bölümü bu iki şoför arasındaki çatışmayla geçer. Bazen nefsimiz bedenimizi yönetir bazen de ruhumuz. Biri bir yöne, diğeri başka bir yöne çekmek ister bizi.

Bazen araya bir şoför daha katılır ki bu da mantıktır. Yani akıl...

Kendini bedenden ibaret gören kişi, ilaçlar alarak kaslı görünmeye, estetik operasyonlarla kırışıksız görünmeye, kozmetiklerle kendini olduğundan farklı göstermeye çalışabilir. Bazı insanlar da gece gündüz vücudunu yorabilir, çalıştırabilir, başka insanlara köle yapabilir, cinsellik ve para için kullanabilir... Kısacası bedenini kötü bir şekilde kullanabilir. Bu kendisini sadece bedenden ibaret sanmalarından dolayıdır. Nefisle beden size bunları yaptırır.

Ruhunuz bedeninize girdiği zaman, gerçekten o beden ve ruh bütünlüğünü yakaladığınızda içinizdeki ilahi taraf açılmaya başlar. Huzurlusunuzdur. Bedeninizin görüntüsüne kafayı takmak yerine, size emanet edilen bedeni her şekliyle kabuldesinizdir.

İlahi tarafta denge, huzur, hoşgörü, sevgi ve barış vardır.

Bedeniniz yorulduğunda "Bedenim yoruldu, biraz dinleneyim..." dersiniz, ayaklarınıza baktığınızda "Beni taşıdığın için teşekkür ederim..." dersiniz.

Gözlerinize teşekkür edersiniz, hayatı gördükleri için. Kulaklarınıza teşekkür edersiniz, duydukları için. Burnunuza teşekkür edersiniz, koku aldığı için. Teninize teşekkür edersiniz, hissedebildiğiniz için.

Beden sadece bu dünyadaki tekâmülde jeneratörlük eden ve enerji üreten muhteşem bir araçtır. Bu araca iyi bakmakla, saygı duymakla mükellefsiniz.

Herkes kendi bedeninden sorumludur. Öyle bir gün gelecek ki bedeniniz size ahirette hesap soracak. Başkalarının hakkını yemek ne kadar kötüyse kendi hakkınızı yedirmek de kötüdür. Bu bedenle işlerinizi yapın, sonra onu dinlendirin, ruhunuzla bedeninizin bir bütün olmasına izin verin. Zihninizi sakin ve dingin tutun. Bunları yaparak ancak Rabb'inize ulaşma yolunda adım atarsınız. Huzur, dinginlik, anda kalmak, sakin bir zihin gerektirir... Bunlara ihtiyacınız var.

Zihin durmadan düşünür, düşünür ve bedenin kendini iyileştirmek için kullanması gereken enerjinin büyük bir kısmını kendine çekerek onu yoksun bırakır.

Bir defasında bir tanıdığıma "Neden bu kadar çok düşünüyorsun? Sustur şu kafanı!" dediğimde o da bana "Ben düşünmezsem, işlerin rast gitmeyeceğini, her şeyin kontrolden çıkacağını sanıyorum..." diye karşılık verdi.

Durmadan düşünmek bir çaresizlik halidir. Zihin sizi kontrol ediyor, siz zihninizi kontrol edemiyorsunuz. Zihin giderek bedeninizin ve hayatınızın efendisi haline geliyor ve sizi uşak olarak kullanıyor.

Beyin, enerjinin ve suyun büyük bölümünü vücuttan çeker.

Bu beden bize emanettir. Emanet olan bedenimize iyi bakmamız gerekiyor. Doğru gıdalarla beslemeliyiz. Zevk uğruna bedene zarar verecek ne kadar hazır gıda varsa tüketiyoruz. Alkol, şeker, ne kadar zararlı madde varsa bedene yüklüyoruz. Beden size yardım etmek için burada ama siz ona durmadan işkence ediyorsunuz. Onu zararlı gıdalarla besliyorsunuz, dinlendirmiyorsunuz, öğlen molasında on dakika yemek yiyip işinizin başına koşuyorsunuz.

Uyanın artık!

Kafanızın içinde durmadan vesvese üreten düşünceler siz değilsiniz; bu beden de sizin değil.

Bedeninize dışarıdan bir baksanız, ne kadar bezgin olduğunu göreceksiniz. Bedeniniz sizinle iletişim kuramadığında, dinlenmek istediğini ve gereksiz düşüncelerle enerjinizi boşa harcadığınızı birtakım hastalıklar üreterek dile getirmeye çalışır. Dikkatinizi çekmek ister.

Ayak serçeparmağınızı veya kafanızı bir yerlere çarptığınızda, acısı ile siz uğraşırken en azından kısa süreliğine dünya dertlerinden uzak olursunuz. Dikkatiniz içinde bulunduğunuz gereksiz düşünce veya öfke halinden başka bir noktaya çekilmiş olur. Başınıza gelen birçok olayı, içine sıkıştığınız durumdan çıkmanız için hayatınıza çektiğinizi fark etmeye niyet edin.

Bedeninizden özür dileme vakti geldi. Şimdi birlikte küçük bir çalışma yapalım.

Avuç içlerinizi ovuşturun. Dizlerinizin üzerine koyun ve şunları söyleyin:

"Sevgili bedenim senden özür diliyorum... Sana teşekkür ediyorum. Sen bana Allah'ın bir emanetisin ve bundan böyle sana iyi bakacağıma söz veriyorum... Allah'ım, bedenime kötü baktığım için özür ve af dilerim. Şu andan itibaren bedenime iyi bakmaya söz veriyorum."

Spor yapın, yüzün, yürüyün, doğaya çıkın. Derin nefesler alın. Uyuşturucu, sigara, alkol ve bunun gibi bedene zarar veren alışkanlıkları hayatınızdan sevgiyle gönderin. Bunlara ihtiyacınız yok. Size Allah yeter.

Sevgili bedeninizi bir yol arkadaşı olarak düşünün.

O sizin Allah'a ulaşmakta en büyük yardımcılarınızdan biri.

Bedeniniz başkalarına hava atma aracı değil, tekâmül yolculuğunda yardımcınızdır.

Doğal olun. Rabbimiz size bu bedeni verdiyse, bu bedenin içinde öğrenmeniz gereken şeyler vardır. Bedeninizin kusurlarını görüp, kendi kendinizi yargılamayın. Kusur kafanızın içinde; bedeninizde değil...

Boyunuz kısa olabilir, kel olabilirsiniz, şişman olabilirsiniz, gözlüklü olabilirsiniz, bedensel bir özrünüz olabilir. Bunların hiçbiri eksiklik değildir. Bu yüzden Allah'ın size verdiği bu tekâmül aracının üstündeki olumsuzluklardan dolayı kendinizi suçlamaktan, küçük görmekten vazgeçin.

"Sevgili bedenim seni seviyorum; sana teşekkür ediyorum. Bundan böyle sana iyi bakacağıma söz veriyorum... Huzurluyum ve dengedeyim..."

BEDENİNİZDEKİ SUYU ŞİFALANDIRIN

Bedendeki suyu şifalandırabilmek için güzel bir uygulama yapalım birlikte... Bunun için yanınıza iki bardak su alın ya da yarım litrelik şişe suyun yarısını bir bardağa dökün. Kalanı şişede dursun.

Bardaklardan birini veya şişeyi kendinizden uzak bir yere koyun. Diğer bardağı elinize alın ve kalp hizasına getirin. Elinizdeki bardağın içine bakın. Sadece suya odaklanın. Suya bakarak şunları söyleyin:

"Seni seviyorum. Sana teşekkür ediyorum... Allah'ım temiz suları bizlere bahşettiğin için şükrederim. Bu suyun Yaradan'ın nuruyla, Ya Şafi ismiyle şifalanmasına niyet ediyorum. Şifa olsun..."

Sonra derin bir nefes alıp, şükredin. Suya mırıldanarak "Seni seviyorum, seni seviyorum..." deyin.

Rahatlayın, gevşeyin...

Üç dakika kadar bu çalışmayı yapmaya devam edin. Şimdi sudan bir yudum alıp, tadına bakın.

Ardından şişedeki (diğer bardaktaki) suyu yanınıza alıp bir de onun tadına bakarak ikisi arasındaki farkı hissedin.

Bakın bakalım, "Seni seviyorum..." dediğiniz suyun tadı nasıl?

Su moleküler olarak aynı fakat nitelik olarak değişti. Suyun bir hafızası var ve sizin söylediğiniz niyetler o suya yüklenmiş durumda. Siz o suyu içtiğinizde bedeninizdeki su da aynı şekilde şifalanmaya başlayacak.

İnsan bedeninin yüzde yetmişi, beynimizin de neredeyse yüzde doksanı sudur. Önemli olan, kendi bedeninizdeki suyu ne kadar hasta ettiğiniz ya da tatlandırdığınızdır.

Olumsuz düşüncelerle bedenimizdeki suyu acılaştırıyoruz. Sonra hastalanıp doktora gittiğimizde hastalığımızın stresten dolayı olduğu söyleniyor bize. Doktor elbette haklı... Her ne olduysa hep stresten oldu. Kafamıza taktığımız sıkıntılarla bedenimizdeki suyu bozduk.

Tam tersini yaparak, şükürle, şifa niyetiyle her gün kendi bedeninize, bir bardak su için yaptığınız çalışmayı yapın. Bakın bakalım hayatınızda sağlık yönünde ne gibi olumlu değişimler başlıyor?

ASOSYALLİK TEHLİKESİ

Negatif enerji bedene musallat olmaya başladığında kişi önce öfkelenmeye, sonrasındaysa etrafındaki herkesten soğumaya başlar. İnsanları sevmemeye ve onlardan kaçmaya başlar. Evine kapanır. Evinin içinde bile kendisini bir odaya hapseder. Gittikçe yalnızlaşır. Bir şey onun enerjisini sürekli çeker.

Negatif enerjiler sürekli üstünüze yapışıyor ve sizden besleniyorlar. Onlar sizin enerjinizle tekâmül ediyor, siz de artakalan enerjinizle hayatta kalmaya çalışıyorsunuz.

Bu sürecin devamında, odanızdan çıkmak istemezsiniz. Yatağa gömülürsünüz. Sonra öyle bir noktaya gelirsiniz ki kafayı yersiniz, ölümü düşünmeye başlarsınız.

Eğer hayatın içinde herhangi bir sebepten dolayı asosyal olmaya ve eve kapanmaya başladıysanız, hemen toparlanın. Hiç korkmayın, güvendesiniz. Büyük ihtimal birine âşık olup karşılığını göremediğiniz için kalbiniz kırılmış olabilir. Beklentilerinizi alamamış olabilirsiniz. Asosyal olmanın sebebi çok ama sonuçlar hep aynı. Gereksiz enerji ve zaman kaybı... Vesvesenin amacı bizi herhangi bir sebepten dolayı oyalamak.

Yaradan'la konuşmak istiyorsanız Kuran okuyun. Siz

sevap kazanma kaygısı gütmeden sadece hakikati öğrenmek amacıyla severek Kuran okudukça üzerinizdeki ağırlıkların kalkmaya başladığını ve huzur bulduğunuzu fark edeceksiniz.

Sürüden ayrılanı kurt kapar. Vesvesenin de amacı sizi diğer insanlardan koparıp ortak enerji alanından çıkarmak. Tek kaldığınız zaman sizi hayattan soğutana kadar enerjinizi emiyorlar. Umudunuz ve yaşam enerjiniz gitgide azalıyor.

Şimdi gücünüzü toplayın ve hayata geri dönün. Her ne vesileyle kalbinizi sevgiye kapattıysanız şimdi onu yeniden sevgiye açın. Kalbinizi sevgiye açtığınızda, ilahi kaynaktan beslenmeye başlarsınız.

"Allah'ım ne olur hayatımı en hayırlı bir şekilde toparlayabilmemde bana yardımcı ol. Allah'ım ne olur hayatımı en hayırlı bir şekilde düzene koyabilmemde yardımcı ol. Peygamber efendimiz senden neyi dilediyse ben de aynısını dilerim, nereden sana sığındıysa ben de aynısından sana sığınırım. Âmin..."

KORKU KAPANI

Korkular hayatımızı yönlendiren ve hayatımıza ıstırap veren duygulardır.

Kendi hayatımda yıllar önce ilk fark ettiğim şey, bir sürü korkumun olmasıydı: Kaybetme korkusu, yalnız kalma korkusu, terk edilme korkusu, hasta olma korkusu, insanlar ne diyecek korkusu, başarısızlık, reddedilme, onaylanmama, takdir edilmeme, yok olma, ölüm gibi bir sürü korkum vardı.

Bu korkular hareketlerimi de belirliyordu. Bir işe kalkışmadan önce korkular oluşuyordu ve yazık ki bu korkularım her şeyi kontrol etmeye çalışmama sebep oluyordu. İşyerinde her şeyi kontrolüm altında tutmaya çalışıyordum. Olayların akışına sürekli müdahale ediyordum.

Tespit edebildiğim korkularımı elimden geldiğince sizinle de paylaşmak istiyorum. Bu bölümü okurken kendi korkularınızı keşfetmeye çalışın. Allah'a inanarak O'na sığınmak ve teslim olmakla korkularımız kendiliğinden şifalanmaya başlar.

KORKULARIMIZ

Kaybetme Korkusu: Genelde atalardan devralınan bir korku şeklidir. Büyük ihtimalle atalardan biri geçmişinde bir şeyler kaybetmiş ya da zarar görmüştür. Göçler ya da mal kayıpları yaşamış olabilirler. Sahip olduklarını ellerinden kaçırmışlardır. Bu kayıplar mal, mülk, para, itibar, namus olabilir. Kayıpların yeniden yaşanması ihtimalinden sürekli korku duymaya başlamıştır ve korkuyu kendi çocuklarına da aktarır. Kendisinden sonra gelen kuşakları, bu korkunun etkisinde kalarak yetiştirir.

Bazen güçlüklerle elde ettiklerimizi kaybedeceğimizden korkarız. Onlara sıkı sıkıya tutunuruz. Biz dünyalıklara tutundukça, onlar da elimizden gitmeye başlarlar.

Kaybetme korkusu insanların her zaman kontrolcü olmasına sebep olur. Kaybetmekten korkan insanlar gün gelir, her ne için korkuyorlarsa, onu az ya da çok kaybetmek gerçeğiyle yüzleşerek yaşamak zorunda kalırlar.

"Kaybetme korkumun olduğunun farkındayım.
Allah'ım kaybetme korkumdan sana sığınırım.
Ben ve sevdiklerim güvendeyiz."

Yalnız Kalma Korkusu: Yalnız kalma korkusu olan kişiler kalabalığı severler. Ev içinde, arkadaş çevresinde ya da iş ortamında etraflarına insan toplamaya çalışırlar. Çevrelerinde hep insan olsun isterler. Yalnız kalmamak için, çevrelerinde tutmak istedikleri insanların her isteğini yerine getirmeye çalışırlar, ellerinden geleni yaparlar. Kendi mutluluklarını bir yana bırakıp, diğer insanları mutlu etmeye çalışırlar.

Yalnızlık korkusu olan anne veya baba, çocuklarının da aynı binada oturmalarını isterler. Hatta evinin üstüne bir ev yapıp, bütün çocukları gözünün önünde tutmaya çalışırlar.

Yalnızlık korkusunu şifalandıramayan kişilerin çocukları başka şehir/ülkelerde iş ya da yuva kurmak için uzaklara giderler. Yalnızlık korkusu olanlar işin sonunda yine yalnız kalırlar. Oysa hiçbirimiz yalnız değiliz, Allah bize şahdamarımızdan daha yakındır.

"Allah'ım, yalnızlık duygumun, senin nurunla şifalanması için niyet ediyorum. Sen bana şahdamarımdan daha yakınsın, şükürler olsun yalnız değilim..."

Güçsüzlük Korkusu: Genelde güçsüzlük korkusu olan kişiler, etraflarına güçlü insanlar toplarlar. Büyük grupların içine girip oradan güç almaya, makam, mevki sahibi olmaya çalışırlar. İçlerindeki bu korkuyu kamufle etmek isterler. Bu korkunun arkasına gizlenerek güçlenmeye çalışırlar ve bunu başarırlar da. Maddi olarak güçlenirler. Sonra güçlü kaslara sahip olmak isterler. Ne yaparlarsa yapsınlar kendilerine olan güvenleri hiçbir zaman tam olmaz. Bazıları beline silah bile takar, yanında bıçak taşır, kendini güçlü hissedebileceği şeylere sığınarak oradan güç kazanmayı hedefler. Yine de kendilerini güvende hissetmezler.

Güçsüzlük korkusu olan insanlar, güçlü olduğunu düşündükleri insanların yanında bulunmayı tercih ederler ki kendilerini daha güvende hissedebilsinler. Maddi ve dünyasal imkânlarla güçlü olmaya çalışırlar. Ne makamları, ne mevkileri, ne de maddi güçleri onların huzurlu uyumalarına yardımcı olur. Kişi gücünü Allah'a olan inancından almadığı sürece hep eksik kalır.

"Allah'ım güçsüzlük korkumun farkındayım ve şu andan itibaren güçsüzlük korkumdan sana sığınırım. Dünyalıklar ile kendimi güvende hissetmeye devam etmekten vazgeçiyorum. Güçlü olan bir tek sensin ve ben sana emanetim, sana teslimim. Gücümü bir tek senden alırım..."

Terk Edilme Korkusu: Terk edilme korkusu yaşayan insanlar ya geçmişte anne babaları tarafından terk edilmiştir ya da onları genç yaşta kaybetmiştir. Bazen de ilk aşkı tarafından terk edilmiş olmanın kaygısıyla korkuya kapılırlar. Veya kendisine âşık olan birini terk edip gitmiştir. Bu enerji içine yer ettiğinden, sürekli terk edileceğini düşünür.

Terk edilme korkusu insanda güvensizlik yaratır. İlişkiye başlamakta zorlanırlar, bir işe kolayca başlayamazlar, korkusuzca adım atamazlar. Çünkü ne yaparlarsa yapsınlar, herkesin terk edip gideceğini düşünürler.

İlişkilerinin en güzel döneminde, kendisi bırakıp kaçar sevdiği insanı. Çünkü günü geldiğinde sevdiği kişinin onu terk edeceğini sanır. Terk edilirse canının çok yanacağını düşünür, daha önce canı yandığından böyle davranır.

Bazen işi bırakır gider, bazen şehri bırakır gider. Ama bilmediği bir şey vardır ki, neyi terk ederse etsin, hiçbir zaman kendisinden kaçamaz.

"Allah'ım terk edilme korkumdan sana sığınırım. Ben ve sevdiklerim güvendeyiz. Beni terk etmediğini ve her zaman yanımda olduğunu hissediyorum."

Acı Çekme Korkusu: Bu duygu bireysel olmakla beraber aile içerisinde de oldukça yaygındır.

Acı çekme korkusu olan kişilerle ne kadar güzel konuşursanız konuşun, kısa bir süre sonra konuşmaları dert, keder, acı dolu sözlere dönecek ve sizi pek anlamayacaklardır.

Her zaman kurban bilincindedirler. "Biz zaten acı çekiyoruz. Çilemiz hiç bitmez. Hayatın gerçekleri var. Zaten her şey ters gidiyor. Hayat bize gülmüyor. Bu hayat zaten zor, iyi insan kalmadı..." diyerek yakınırlar. Siz ne kadar olumlu konuşursanız konuşun, bu kişilerde plak takılı kalmıştır. Her şeyin en kötüsüne hep hazırdırlar ve öyle düşündükleri için de her şeyin en kötüsü onları bulur. Kendi düşünceleriyle hayatlarına olumsuzu çekip sonra bunu başkasının yaptığını düşünerek şikâyet ve isyan ederler.

Yemek siparişi verdiğinizde masanıza nasıl ki sipariş ettiğiniz yemeklerden başka bir şey gelmiyorsa ilahi sistem de bu şekilde çalışır.

Bu insanlar kederli müzik dinlemeye bayılırlar. Kendileri gibi kederli olduğunu düşündükleri kişilerle muhabbet edip hangisinin derdi diğerinkinden daha büyük yarışı yaparlar. Herkes kendi derdinin çok daha büyük olduğunu anlatır karşısındakine. Sürekli hep sorunlar anlatılır. Aslında iki tarafın da birbirini dinledikleri yoktur. Sadece acı beden içerisinde Allah'ın onlara verdiği süreyi ağlanıp sızlanarak geçirmeyi seçerler.

Acıdan beslenmekten vazgeçin. Geçmişte her kimi kaybetmişseniz, başınıza her ne gelmişse, bunu kabule geçme vakti geldi. Daha fazla acı bedeni içerisinde Allah'ın size verdiği vakti ziyan etmeyin.

"Allah'ım her türlü düşüncemin acıya dönüşmesinden sana sığınırım. Olumsuzluklardan sana sığınırım. Geçmişteki tüm kayıplarımı, üzüntülerimi, acılarımı bırakıyorum. Şu andan itibaren bana verdiğin ömrü en hayırlı şekilde devam ettirmeye niyet ediyorum."

Hasta Olma Korkusu: Bu yaygın bir korkudur. Kişi sürekli hasta olmaktan korkar, etrafındaki insanların hasta olmasından endişe eder.

Bu korku, insanların sürekli hasta olmalarına sebep olur. Çünkü o kişiye de büyük ihtimalle ailesi tarafından hep hastalık korkusu aşılanmıştır. "Evladım saçın ıslakken dışarı çıkma hasta olursun, terliyken su içme hasta olursun..." telkinleri zihnine işlemiştir.

Hasta olma korkusu yaşayan kişiler, sürekli hasta olurlar. Kendi kendilerini hasta ederler. Tüm dikkatleri hastalıklardadır ve yapacak daha iyi işleri yoktur...

Bir gün yaşlı ve hasta bir teyzeye, "İyileşirsen ne yapacaksın?" diye sordum. "Ben ne bileyim? On yıldır hastayım. İyileşirsem ne yapacağımı hiç düşünmedim" dedi.

Yapacak daha iyi bir şeyiniz yoksa iyileşmeniz de zor. Önce neden iyileşmek istediğinizi bilmelisiniz. İyileştiğinizde, yapacağınız işlere dair niyetleriniz olmalı.

Hastalığını koz olarak kullanıp etrafındaki kişilerden ilgi ve alaka bekleyen insanlar da çok. Böylece herkesin odağında olmaya çalışırlar.

"Allah'ım, her türlü hastalık korkumdan sana sığınırım. Şifa sendendir..."

Parasızlık Korkusu: Parasızlık korkusu öyle bir korkudur ki cebinizde para olduğu zaman kendinizi güvende, güçlü ve başarılı hissedersiniz. Olmaması durumundaysa yalnızlık ve çaresizlik içindesinizdir.

Oysa bu duyguların hepsi sahtedir, size ait değildir. Çünkü Allah'ın yarattığı sistemde bolluk ve bereket herkese fazlasıyla yetecek kadardır. Düşüncelerimizle kıtlığı yaratıyoruz. Kıtlığı tek başınıza yaptığınız bir şey gibi algılamayın. Ekonomik krizler, savaşlarla ilgili yapılan manipülasyonlar sonucunda bizlerden inanmamızı istedikleri bir durumdur kıtlık... Kimse bize doğrudan zarar veremez. Kapitalist sistem bilinçaltımızı ikna eder. Ardından ikna olan bilinçaltı, o olguyu bizim için oldurur.

"Ben çalışıp kazanıyorum ama para bana bir türlü gelmiyor. Geldiğinde de hemen gidiyor!" diye yakınabilirsiniz. Fakat bilmelisiniz ki siz öfkeli olduğunuz için para size gelmiyor. Çünkü farkında olsanız da olmasanız da parayı yargılamaya devam ediyorsunuz.

Çocukken para ve zenginlikle ilgili bilinçaltımıza ekilen o kadar çok olumsuz tohumlar var ki, şimdi bunları avlayıp kırmaya çalışıyorsunuz.

Hatırlayın lütfen. Ailelerimiz parayla ilgili zihinlerimize nasıl olumsuz kalıplar yüklediler:

"Para kazanmak kolay değil."

"Çok para insanı bozar."

"Para ağaçtan mı toplanıyor?"

"Biz para babası değiliz."

"Dikkat et onların zenginliği seni bozmasın!"

"Çok para helalsiz olmaz..."

Fark ettiyseniz hepsi olumsuz mesajlar...

Kendinizi gözleyin bakalım, sizden daha iyi arabalara binenleri görünce ya da her bir konuda sizden öne geçmiş biriyle karşılaştığınızda onu takdir mi ediyorsunuz, yoksa ona içsel olarak farkında bile olmadan öfkeleniyor musunuz?

Bolluk sadece para değildir. Hayırlı insanlar ve olaylar ile eşleşmektir. Bolluk sağlıktır. Lakin sadece bolluğu para sandığımızda, paraya ve parasızlığa bir öfkeleniyoruz her şey hayatımızdan çıkıp gidiyor. Bir şeyler ters dönmeye başladı mı, düzeltmesi sanki daha uzun zaman alıyor.

"Allah'ım yarattığın her zerreden özür diliyorum. Durumu benden daha iyi olanları yargıladığım için hepsinden af diliyorum. Para bana bildiğim ve bilmediğim her türlü helal yoldan kolaylıkla ve sağlıkla gelir. Bolluk ve bereketi hayatıma sevgiyle davet ediyorum. Bolluk ve bereketin var olduğuna inanıyorum ve gelmesine izin veriyorum. Parayı ve parasızlığı affediyorum. Şükürler olsun hayatımın her alanında bolluk ve bereket içindeyim..."

Sabahları gözünüzü açtığınızda ilk beş on saniye için zihniniz bomboştur. Sonrasında düşünceler peşi sıra akmaya başlar.

Gözünüzü açar açmaz:

"Allah'ım şükürler olsun maddi ve manevi bolluk içindeyim..." diye dua edin.

"Varmış" enerjisini kullanarak bu şükrü birkaç kez tekrarlayın. Çünkü varmış enerjisini kullandığınızda bolluk bereket enerjisi titreşimine girmeye başlayacaksınız.

Eğer zihniniz boşsa, geçmişi affettiyseniz, parayı, olumsuzlukları, geçmişte size olumsuzluk yapanları bağışladıysanız, hayatınıza yeni gelen fırsatları fark edeceksiniz. Geçmişte yaşıyorsanız, karşınıza çıkan bolluk fırsatlarını göremeyeceksiniz. Elleriniz boş halde hayatınıza devam edeceksiniz.

Başarısızlık Korkusu: Başarısızlık korkusu insanın hayatını ciddi anlamda zindana çevirir. Bu kişi gece gündüz sürekli çalışır, başarılı olmak için didinir, üretmek için kendini paralar durur.

Aslında "Bu dünyada ben de varım, benim de sesimi duyun!" çığlığı atar gösterdiği bütün bu çabalarıyla...

Başarılı olduğunda da yazık ki bunu kendini başkalarına kanıtlamak için yaptığından dolayı maalesef umduğu maddi ve manevi tatmini layıkıyla yaşayamaz.

Başarılı olduğunu belki, babasına, annesine, topluma kanıtlamıştır, ama kendisi bununla mutlu olmakta zorlanır.

Başarısızlık korkusunun verdiği yoğun negatif enerji, kişiye geri döner ve neye sahip olursa olsun, tatminsizlik duygusu yaşatmaya devam eder. Başarılı olduğunda herkesin onu daha fazla takdir edip seveceklerini düşünen bu insanlar, hayatlarında değişen hiçbir şey olmadığını görünce büyük içsel yıkımlar yaşarlar.

Bunun üzerine daha büyük bir öfke duymaya başlarlar. Kendilerine daha büyük hedefler koyarak, daha çok çaba gerektiren işlere kendilerini adarlar. Daha büyük başarıların peşinden koşarak umdukları mutluluğu ve tatmin hissini yaşayabileceklerini sanırlar ama gerçekler öyle değildir.

Bu tür kişilere genelde "Çocukken senden adam olmaz, sen yapamazsın, başaramazsın" denmiş olabilir. Ya da bütün işler onun başına kalmıştır. Herkes zor işleri ona vermiştir. Başarılı olmak görevi giderek omuzlarına bir yük olarak binmeye başlamıştır.

Başarılı olma yolunda kendinizi hırpalamaktan vazgeçin. Kendinizi herhangi birine kanıtlama ihtiyacınız yok.

"Doğal halimle başarılıyım..." dediğinizde mutlu olursunuz zaten. Bu size keyif verir.

"Ben elimden geleni yaptım, sonucu Allah'a emanet ettim. Olur ya da olmaz. Her ikisinde de kabuldeyim."

Hata Yapma Korkusu: Hata yapma korkusu insanı çok yorar. Kişinin mükemmeliyetçi olmasına sebep olur. Bu korkunun temelinde yatan algı şudur:

"Eğer hata yapma korkusu taşırsam, her işimi mükemmel yapmaya çalışırım, insanlar hatamı görürse mahcup olurum, küçük düşerim korkusuyla işimi her zaman mükemmel yapmaya çalışırım."

Hata yapma korkusu olanlar, herkesin içinden ya da

dışından açığını arar. Karşı tarafın açığını hazırda bekletir. Eğer birisi kendisinin hatasını söyleyecek olursa, ilk hamleyi kendisi yapar ki kendi hataları gizlenmeye devam edebilsin.

Bu insanlar sürekli mükemmeliyetçidirler. Başta mükemmeliyetçi olmayı çok severler. Böyle yapınca herkesin saygı duyacağını sanırlar. Fakat bir yaştan sonra bu mükemmeliyetçilik onları yormaya başlar çünkü artık başkalarının yaptığı işleri beğenmiyorlardır ve onların işlerini de kendileri üstlenmeye başlarlar. Daha fazla çalışırlar, daha fazla çaba gösterirler, daha fazla yorulurlar.

Sonunda isyan etmeye başlarlar:

"Niye bana yardım etmiyorsunuz?"

Yardım etmezler çünkü her şeyi kendiniz yapmaya başladınız! Önde olmayı seviyorsunuz, kendinizi göstermeyi seviyorsunuz, başarılı olmayı seviyorsunuz. Bu da uzun vadede başınıza yük olarak kaldı.

Kendi içinizdeki eksiklikleri gizlemek için maske takmışsınız. Bırakın bu yalan maskesini; mükemmel olmak zorunda değilsiniz. Allah'ın yarattığı güzel bir kul olun. Mükemmeli yakalamak için yıllarınızı harcamaya gerek yok. Biraz rahat olun. Hatasız kul olmaz.

Bir tavuk çiftliğinde iki tane tavuk yan yana oturmuş, konuşuyorlarmış. Tavuklardan biri mükemmeliyetçiymiş ve kendinde muhteşem özellikler olduğunu sanıyormuş. Biri muhteşem tavuk diğeriyse ufak tefek, cılız bir köy tavuğu...

Mükemmeliyetçi tavuk övünüyormuş:

"Bu kümesteki en mükemmel tavuk benim. En büyük yumurtayı ben yumurtluyorum. Benden büyük yumurtlayan yok."

Küçük olan köy tavuğu dönüp ona bakmış ve şöyle demiş:

"Kocam dedi ki bütün yumurtalar aynı fiyattan satılıyor. Kendini bu kadar yormaya değmez..."

Evet, sevgili mükemmeliyetçi insanlar! Kendinizi toparlayın. İstediğiniz kadar mükemmel olun, etrafınızda bunu görecek insanlar yoksa yaptığınız her şey başınıza yük olarak kalır. Zaten etrafınızda mükemmelliğinizi gören biri varsa, siz mükemmel olmasanız da o sizin içinizdeki güzellikleri görür. Sizi koşulsuz sever.

"Allah'ım bütün mükemmeliyetçiliğimden sana sığınırım.
Hata yapma korkumdan sana sığınırım.
Bütün korkularımdan sana sığınırım. Şu andan itibaren doğal halimle yeterli olmayı seçiyorum ve seviyorum..."

Suçlanma Korkusu: Suçlanma korkusu tam bir ıstıraptır. Suçlanma korkusu olan kişiler, her durumda karşısındakine açıklama yapmaya çalışırlar. Bu gereksiz açıklamalarıyla sürekli kendini savunma halindedirler. Bu insanlarla konuşmak da zordur çünkü bu kaygıları karşı taraf için de yorucudur.

Suçlanma korkusu yaşayan bir arkadaşınızla konuşmayı deneyin bakalım, ona işiyle ilgili bir şeyler sorun. Bakın her soruyu nasıl da tehdit gibi algılayarak kendisini savunmaya geçecektir:

"Ben hata yapmadım. Ben işimi doğru yaptım. Hata yaptığımı mı düşünüyorsun?" demeye başlayacaktır muhtemelen.

Ona "Günaydın!" deyip iki saniye gözlerinin içine baktığınızda bile farklı anlamlar bulacaktır bunun içinde.

"Bana neden öyle baktın? Saçımı mı beğenmedin? Kıyafetim mi olmamış? Yüzümde bir şey mi var?" kaygılarıyla dolup taşacak, gün boyunca huzursuzlanıp söylenecektir.

Çünkü suçlanma korkusu, insanın sürekli kendini savunmasına neden olur ve bu da her iki tarafı yorar.

İşyerinde, müdürünüze dosyayı götürün. Dosyayı açıp bir süre hiçbir şey demeden bakıp dursun. Büyük ihtimalle bir süre sonra siz de kendinizi kötü hissedersiniz. Yaptığınız bir hatayı yakaladığı için mi sessiz kaldığını düşünmeye başlarsınız. Projenizle ilgili ne açıklama yapacağınızı düşünürsünüz hemen.

"Sabaha kadar uğraştım, bu dosyayı yapmaya çalıştım. Ne oldu, kötü bir şey mi var? Bu dosyayı beğenmediniz mi?" diye sormak istersiniz...

Suçlanma korkusu her iletişimi olumsuz yöne çekecektir. Bu korkuyu yaşayan biriyle yemeğe çıktığınızda sürekli başkalarının açıklarını anlattığını görürsünüz. Kendisine herhangi bir suçlama yöneltilmemesi için sürekli dışarıyı suçlayıp durur.

Bu kişiler muhtemelen çocukken suçlanmışlardır. Çocukluğunda yapılan bir suçlamayı veya iftirayı unutamamıştır. O haksızlığın kendisine nasıl yapıldığını henüz bağışlayamamış ya da hazmedememiş olabilir. Anıyı hatırlamadığı halde bilinçaltı o deneyime reaksiyon göstermeye devam eder.

Suçlanma korkunuz varsa, bu sizin için de ıstıraptır, hayatınızdakiler için de. Karşınızdakileri fazlasıyla yorarsınız. Daha o ağzını açmadan siz kendinizi savunmaya başlarsınız. Karşı taraf bundan çabuk sıkılır. Sanki karşınızdaki size saldırmış gibi onu ekarte etmeye çalışıyor görünürsünüz. Aslında öyle bir şey yoktur... Vesvese sizi zayıf bir noktanızdan yakalamıştır.

İnsan ilişkilerinde, birçok problemin altında suçlanma korkusu yatar. İletişim frekansını karıştırıp sürekli yanlış anlaşılmalara sebebiyet verir.

"Allah'ım suçlanma korkumdan sana sığınırım; senden yardım dilerim. Şu andan itibaren suçlanma korkumu sevgiyle gönderiyorum. Ben insanları kolaylıkla ve sağlıklı bir şekilde anlarım, insanlar da beni sağlıklı bir şekilde anlarlar..."

İçinizde suçlanma korkusu varsa biriyle görüşmeden önce bu duayı okuyun:

"Allah'ım kuracağım iletişim, her iki tarafın da hayrına ve hayırlara vesile olsun. Güzel bir şekilde oluşsun ve devam etsin. Senin koruman altında olsun."

Böylece karşınızdakinin ağzından çıkan her sözde aslında sizi suçlamaya çalışmadığını fark edersiniz. Kendinizi suçlamaktan vazgeçin, suçlu aramaktan da vazgeçin. Bunların tamamı vesvesenin gereksiz oyunlarıdır.

Yetersizlik Korkusu: Yetersizlik korkusu her durum karşısında ne yaşarsanız yaşayın, kendinizi yeterli görememenizden dolayıdır.

"Ben yeterli bir eş değilim, yeterli bir anne, baba değilim, yeterli bir eleman değilim, yeterli bir evlat değilim, yeterli değilim..."

Yetersizlik korkusu, her durum karşısında utanç duymanıza ve kendinizi kötü hissetmenize neden olur.

"Ben yeterli değilim, bu işi yapamayacağım, yeterli değilim, bu işler olmaz! Çözemeyeceğim..."

Sürekli kendinizi küçümseme içine giriyorsunuz ve uzun vadede bu sizi depresyona kadar götürür.

Kendinizi yeterli görmezseniz, zamanla kendinizi her olayın karşısında küçük görmeye başlarsınız. Bu tutum, Allah'ın yarattığı insanın muhteşem güzelliğini küçük görmektir.

Kendinizi herhangi bir konuda yetersiz görüyorsanız, o konunun eğitimini alın. Göreceksiniz ki aslında hiçbir konuda yetersiz değilsiniz. Bazı kişiler bazı konularda daha iyi, bazı kişiler elbette daha zayıf olabilir. Burada yanlış bir şey yoktur. Hangi konularda daha iyi olduğunuzu keşfetmeye çalışın.

Einstein'ın çok güzel bir sözü vardır: "Bir balığı, ağaca tırmanma performansıyla değerlendiremezsiniz..."

Yetersizlik korkusu olan kişiler büyük ihtimalle bu duyguyu anne veya babasından edinmiştir. Kendileriyle ya alay edilmiş, küçük düşürülmüşlerdir, ya da hiçbir sorumluluğa layık bulunmamışlardır.

Her insanın yetenekli olduğu konular farklıdır. Ebeveynleriniz bunu fark edememiş olabilirler. Bu ne onların suçu ne de sizin...

Bazı insanlar resim konusunda, bazı insanlar hitabette, bazıları muhasebede, bazıları ticarette iyidirler... Her insan farklı yeteneklere sahiptir. Eğer kendinizi yetersiz hissediyorsanız, yanlış bir alanda mücadele veriyor olabilirsiniz. Belki de yapmanız gereken meslek, şu anda yaptığınız iş değildir...

Kendinizi yetersiz hissettiğiniz her an şu duayı okuyun:

"Allah'ım hangi konuda yeteneğim var, hangi konuda daha iyiyim; onu kolaylıkla ve sağlıklı bir şekilde bulmaya niyet ediyorum..."

Severek yaptığınız, yaparken gözlerinizin ışıldadığı hemen her konuda yeterlisiniz aslında...

"Rabbim öyle güzel bir kul yarattı ki bu kul Allah'a teslim olmayı başardıktan sonra yapmayı istediği iş eğer onun yaşam yolundaysa, onu kolaylıkla ve sağlıklı bir şekilde başaracağıma inanıyorum, size de tüm kalbimle güveniyorum..."

"Ben yeterliyim. İster anne baba olarak, ister kardeş, arkadaş olarak..."

Eğer anne baba olarak yetersiz olduğunuzu düşünüyorsanız, çocuklarınıza hayırlı anne baba olamazsınız. Sürekli kendinizi eksik hissettiğiniz için çocuklar da bu frekansın içine girerler. Bir süre sonra görürsünüz ki çocuklarınız da bu açıdan fazlasıyla size benzemiş. Onların da "Anne, baba ben bu işi başaramam..." dediklerini duyarsınız.

Yetersizlik duygunuzdan vazgeçin. Bu konuda eğitmenlere, kitaplara yönelin. Kendinizi geliştirin. Yeter ki adım adın. Attığınız her adım sizi Rabb'inize yöneltecek bir adım olsun ki ziyanda olmayasınız.

Değersizlik Korkusu: Çağımızda bu korkuyla her zaman her yerde karşılaşabilirsiniz. Neredeyse dünya üstünde her yerde kendini değersiz hisseden, değersizlik korkusu yaşayan milyonlarca insan var. Başkaları tarafından sevilmeyeceklerini, değer ve saygı görmeyeceklerini, hiç kimse tarafından fark edilmediklerini düşünerek kaygılanırlar.

Bu kişiler çok zaman kurban bilincindedirler. Her konuşmadan ya da sohbetten sonra bakarsınız ki kendilerini küçültmüşlerdir. "Ben değersizim, ben işe yaramam..." duygusuyla içten içe çatışırlar. Kendini değersiz hissedenler, zamanla işyerinde en ağır işleri yapıp en az maaşı alan kişilere dönüşmeye başlarlar. Şartları hiçbir zaman iyileşmez... Maaşlarına kolay kolay zam alamazlar. Çünkü daha iyisini hak ettiklerine inanmıyorlardır.

Korkularımızın dışarıdan birilerinin yardımıyla şifalanmasını, iyileşmesini isteriz. Kendimizi iyi hissetmek isteriz. Bu şifayı dışarıdan hiç kimsenin size vermesini beklemeyin.
Dışarıdan beklerseniz, karşı tarafa ilgi, alaka, hizmet vereceksiniz ki sizi el üstünde tutsun. Size istediğinizi versin. Karşınızdaki insanın sizin değerinizi anlaması için bir şeyler veriyorsanız, bunun adı ilişki değil, ticarettir. Çünkü siz ilgi ve alakayı kesince, o da size değer vermeyi kesecektir. Bir damla sevgi ya da değer alabilmek için çok fazla ödün vermeniz gerekecektir.
Siz doğal halinizle yeterli, değerli ve sevgi olduğunuzu hatırladığınızda, size bir tek ALLAH'ın yettiğini hissedeceksiniz.

Eğer zihninizin içinde sizi değersiz kılmaya çalışan bir düşünce varsa, bu bir oyundur. Oyuna gelmeyin!

"Hayatıma öyle biri girdi ki ona sırılsıklam âşık oldum çünkü bana değerli olduğumu hissettirdi..." diyen insanlar tanıyorsunuzdur eminim.

Oysa kimsenin size bu duyguyu hissettirmesine ihtiyacınız yok... Kendi değerinizin farkında değil misiniz ki başkalarının size değer vermesini bekliyorsunuz? Bu kadar çaresiz olmayın. Siz zaten değerlisiniz.

"Hayatıma biri geldi, bana erkek olduğumu hissettirdi..."

"Hayatıma biri girdi bana kadın olduğumu hissettirdi, değerli olduğumu hissettirdi..."

Siz kendinizdeki değeri göremiyor muydunuz ki başkalarının devreye girmesine ihtiyaç duyuyorsunuz?

Bunların bir değeri yok. Önemli olan sizin değerli olduğunuzu hatırlamanızdır. Kimse sizden daha çok ya da daha az değerli değil...

Değersizlik hissinizi sevgiyle şifalandırın. Siz, Allah'ın yeryüzündeki halifesisiniz. Mümin kullar olarak helal yoldan yaşamaya devam edin. Her zaman değerli olduğunuzu hatırlayın.

"Allah'ım içimdeki tüm değersizlik duygularından sana sığınırım. Bu değersizlik duygularının şifalanması için senden yardım dilerim. Kendimi değersiz görmekten yoruldum. Doğal halimle değerli olduğumun farkındayım."

Başka insanların değersizlik duygunuzu beslemelerine izin vermeyin. Onların iltifatlarından dolayı değerli olduğunuz yanılgısına düşmeyin. Kimsenin koşuluna bağlı olmaksızın tek başınıza zaten değerli olduğunuzu aklınızdan çıkarmayın.

Değer beklediğiniz insanların da kendi içlerinde bir değersizlik duygusu olabilir. Değersizlik hissi sadece sizin tek başınıza yaşadığınız bir sorun değil.

Kendinizden kaçış yolunuz yok. İçinizdeki korkuların hepsi sahte! Hepsi bilinçaltınıza bilinçli ya da bilinçsizce kontrol amaçlı ekilen korkular. Geçmişte sizi kontrol edebilmek için uydurulan yalanlar.

Duygular size sürekli "Bir şeylerin sahibi ol, güçlü ol, kendini insanlara ezdirme!" diyerek geçmişi hatırlatıyor, geleceği hatırlatıyor, endişeleri hatırlatıyor.
Sizi sürekli "an"ın dışında tutarak yönetiyor.

Korkular hayatınızdan enerji çalan en büyük asalaklardır. Artık kendinizi şifalandırın ve bu korkuların sanal olduklarını fark edip hayatınızdan sevgiyle gönderin.

Bir konuda kendinizi değersiz ya da yetersiz görüyorsanız, gidip o konunun eğitimini alın. Göreceksiniz ki aslında bunu yapabiliyorsunuz. Siz Allah'ın yarattığı güzel bir kulusunuz. Değerli olduğunuzu, sevgi olduğunuzu her zaman hatırlayın.

Çaresizlik Korkusu: Çaresizlik korkusu, özellikle parasızlık ve hastalık korkusuyla birlikte takım çalışması yapar. Size üçlü olarak saldırırlar ve neye uğradığınızı şaşırırsınız. Cebinizdeki para azaldığı zaman kendinizi çaresiz ve çıkmazda hissedersiniz. Sonra hastalandığınız zaman da aynı duyguları hissedersiniz. Hastalığın daha da büyüyüp başınıza daha büyük sorunlar açacağını düşünürsünüz.

Aslında bu kaygıların hiçbiri gerçek değildir.

Zihninizin birtakım vesveselerle sizden enerji çalmak ve sizi oyalamak için uydurduğu sanal korkulardır bunlar. Kendinizi her durum karşısında çaresiz olduğunuza inandırırsınız. "Eşim yok, işim yok, ailem yok, param yok... Çaresizim!" diyerek, çaresizlik hissinizi beslersiniz.

Bugüne kadar sahip olduğunuz enerjiyi nerelerde kullandığınızı bir düşünün.

Rabb'iniz size bir enerji verdi ve siz bunun bir bölümünü anne babanıza kızarak, yargılayarak geçirdiniz. Bir bölümünü bedeninize kızarak, yargılayarak harcadınız. Geri kalanını da etrafınızı yargılamak için kullandınız. İş işten geçince de "Neden ben!" diye yakınmaya başladınız.

Hayatınızdaki her şey bir enerjidir. Bu enerji Rabb'inizin size verdiği irade ve nefis arasında gidip geliyor.

İrade çok önemlidir.

İrade, arzu ettiğiniz ile hayrınıza olanın arasındaki farkı bulmanızı sağlar. Arzu ettiğiniz yerine, hayrınıza olanı seçmenizi sağlar.

Hangisini seçeceksiniz?

Nefis, arzu ettiğini size seçtirir.

Hayatlarını arzularına göre yaşayanlar eninde sonunda çıkmaza girerler, çaresiz kalırlar.

Sahte olan çaresizlik korkusuna bu kadar çok olumsuz enerji yüklediğinizde sonunda gerçekten çaresiz kalırsınız.

"Allah'ım tüm çaresizliklerimden sana sığınırım. Bana yardım et. Tüm çaresizliklerim için yardım dilerim. Bir an önce hayatımın dengeye gelmesi için, çaresizliklerimin şifalanması için dua ederim. Bu çaresizliklerimin altında, almam gereken dersi kolaylıkla alabilmeye niyet ediyorum..."

Dışlanma Korkusu: Dışlanma korkusu özellikle genç yaştaki, ergenlik çağındaki gençlerin sosyal ortamlarda en çok yaşadıkları korkulardan biridir.

Dışlanma korkusu yaşayanların durumu gazetelerin dert dinleyen ablalarının durumuna benzer. Herkesin derdini dinlemeye çalışırlar.

Dışlanma korkusu yaşayanlara hep şu soruyu sorarım:

"İçinde bulunduğun arkadaş grubunun tüm dertlerini üstlenmeye çalışıyorsun. Herkesi dinliyorsun. Herkesin ana babası gibisin. Bunların altında dışlanma korkusu olduğunun farkında mısın? Seni dışlamamaları için neyin var neyin yok veriyorsun."

Bu tezimi hemen kabul etmezler fakat birkaç saniye içinde başlarını sallayıp "Haklısınız..." diye karşılık verirler.

Grubunuzdaki bütün arkadaşlarınızı korumaya çalışma, hepsinin derdini dinleme, ailenizin durumunu daha iyi göstermeye çalışma, her şeyi biliyormuş edasıyla aralarında durup, her şeyin en mükemmeli gibi görüntü verme çabanızın altında, aslında dışlanma korkunuz yatıyor olabilir mi? Bence bunu etraflıca düşünün.

"Eğer ben onlar için mükemmel olmazsam, hatasız olmazsam, onlara yardımcı olmazsam, beni dışlarlar mı?"

Artık bunları bırakın. Sizi dışlayacak olan insan, sizi zaten dışlayacaktır. Buna hiçbir şekilde engel olamazsınız.

Dışlanma korkunuzu bir an önce kabullenin. Bu korkudan dolayı sürekli ıstırap içindesiniz. İşyeri olsun, özel hayat olsun, herkesi alttan alarak, onların duymak istedikleri güzel sözleri söyleyerek, kendi özünüzden uzaklaşıyorsunuz.

"Aman işimden atılmayayım! Aman arkadaşlar beni dışlamasın! Okul beni dışlamasın..." dediğiniz sürece dışlanacaksınız. O güne kadar yaptığınız bütün fedakârlıklar çöpe gidecek. Elde yine var sıfır...

Dışlanma korkusu yaşayan herkes eninde sonunda dışlanır. Dışlanma korkunuzla yüzleşin, şifalandırın. Özverinizin altında dışlanma korkunuzun yattığını fark edin.

"Allah'ım dışlanma korkumdan sana sığınırım ve dışlanma korkumdan dolayı yaşadığım bütün olumsuz enerjilerin şifalanması için niyet eder, senden yardım dilerim. Şükürler olsun..."

Reddedilme Korkusu: Reddedilme ve onaylanmama korkusu benzer korkulardır. İyi bir fikriniz olduğu halde reddedilme ya da onaylanmama ihtimaliyle korkuya kapılarak susmayı ve iyi projenizi içinize atmayı tercih edersiniz. Bu davranışınız reddedilme ve onaylanmama korkunuzun hayatınıza yansıma şeklidir.

Şimdiye dek kaç kez içinizdekileri paylaşamadınız? Fikirlerinizi ve projelerinizi sunmadınız? Kendiniz veya sevdikleriniz için hiç adım atmadınız?

"Reddedilme korkusunun beni artık ertelemesinden, fikirlerimi söyleyememekten yoruldum. Bundan böyle kendi fikirlerimi kolaylıkla ve sağlıklı bir şekilde söylemeye niyet ediyorum. Duygularımı söylemeye niyet ediyorum, projelerimi söylemeye niyet ediyorum. Hayatımdaki tüm üretmek istediğim fikirlerimi artık hayata geçirmek istiyorum ve insanlar hayırlı olan fikirlerimi kolaylıkla kabul eder ve desteklerler... Hayırlı olan fikirlerimin kolaylıkla destekleneceğine inanıyorum. Allah'ım senin yolunda olan fikirlerimin kolaylıkla kabul görmesinde bana yardımcı ol..."

Bu önemli bir duadır.

Reddedilme ve onaylanmama korkusu, sosyal ve özel hayatta ciddi sıkıntılar yaşanmasına neden olur.

Çocukların ödevlerini yaptıkları halde öğretmenlerinin beğenmeyeceğini düşünmelerinden dolayı ödevi çantalarından çıkarıp göstermemelerinin altında da yine bu korku yatar.

Kendinize güvenemediğiniz için acaba kaç imkân ve kaç iş kaçırdınız hiç düşündünüz mü? Belki de tam da sizin gibi bir eleman arayan bir işyeri var ama siz daha en başından, "Beni kabul etmezler, benden daha iyileri kesin işe başvurmuştur..." deyip şansınızı kullanmıyorsunuz bile.

"Benim başvurum kesin reddedilir! Hiç boşuna yormayayım kendimi..." diyerek fırsatlarınızdan vazgeçersiniz.

Bu korku ilişkiler açısından da büyük olumsuzluklar yaratır. Reddedilmekten korktuğunuz için sevdiğinizi ifade etmekten kaçınarak belki de hayatınızın en değerli ilişkisini kaybedersiniz.

Bugüne kadar her ne yaşandıysa yaşandı ve bitti. Bundan sonrası için kendinizi toparlayın. Yeni bir başlangıç yapma vakti geldi. Başaracağınıza inanıyorum.

"Reddedilme ve onaylanmama korkumun farkındayım. Şu andan itibaren bu korkularımın Rabb'imin katından şifalanması için niyet ederim, dua ederim ve yardım dilerim. Kendimi kolaylıkla ifade ederim. Fikirlerimi kolaylıkla ve sağlıklı bir şekilde söyleyebilirim. Şükürler olsun Allah'ım sana..."

Sevilmeme Korkusu: Bu korkuyu taşıyan kişiler, hiçbir zaman sevilmediklerini düşünürler. Onaylanmadıklarını, değer görmediklerini hissederler. Sevilmeme korkusu çok genel bir korkudur. "İnsanlar beni sevmez, insanlar bana değer vermez..." diye düşünenler sürekli acıya ve mutsuzluğa odaklanırlar.

Sevilmeme korkusu yaşayan insanların, ciddi anlamda hastalıklarla ve ilişkilerle ilgili sınavları vardır.

Sevilmeme korkusu yaşayanların gözlerine bakarak "Seni seviyorum!" dediğinizde "Hissedemiyorum ki... Gönülden söylemiyorsun, bana yalan söylüyorsun..." diyerek karşılık vereceklerdir...

Size inanmakta zorlandıklarını hatta inanmadıklarını söyleyeceklerdir. Siz ne yaparsanız yapın, sevilmeme korkusu olan kişiye sevildiğini ve değerli olduğunu, kendisi istemediği sürece anlatamazsınız.

"Sana inanmıyorum. Beni gerçekten sevmiyorsun..."

Sevilmeme korkusu taşıyan insanların gönül gözleri kapalıdır. Çünkü geçmişte bir olaya beklentili olarak sevgi duymuşlar fakat karşılığını alamamışlardır. Böylece sevgi kapılarını kapatmışlardır.

Sevilmeme duygusu taşıyan insanlar hayatı da sevemezler. Allah'a olan ibadet ve dualarında da sıkışıklık yaşayabilirler. Allah'ı mantıkla algılayamazsınız. Ancak gönül gözünüzle, O'nun yarattığı sistemi ve yolu hissetmeye başlarsınız.

"Allah'ım kalbimdeki bütün kırgınlıklardan, endişelerden, vesveselerden, geçmişte yarattığım bütün olumsuz enerjilerden sana sığınırım. Ben kendimi seviyorum, yarattığın her zerreyi senin aşkınla seviyorum. Kalbimdeki bütün kırgınlıkların senin nurunla şifalanması için yardım istiyorum. Kalbimi ilahi aşka yeniden açıyorum ve sevginin varlığına inanıyorum. Sevginin varlığını hissediyorum. Ben sevmeyi ve sevilmeyi hak ediyorum..."

Derin bir nefes alıp verin ve şunu söyleyin lütfen: "Ben sevgiyim..."

Hak Etmeme Korkusu: Hak etmeme korkusu genelde sevilmeme ve değersizlik korkularıyla arkadaştır. Üçü çete gibi hareket ederler.

Bu korkuyu taşıyan insanlar hiçbir şeyi hak etmediklerini düşünürler. Maaşı hak etmiyorlardır, kimsenin ilgisini hak etmiyorlardır, mutlu olmayı, güzel bir evde yaşamayı, sağlıklı bir ilişkiyi, hiçbir şeyi hak etmiyorlardır. Vesveseler, bu tür hastalıklı düşüncelerle kişileri oyalamaya devam eder.

Değersizlik korkusuyla hak etmeme korkusu birlikte çalışır. Enerjinizden beslenirler. Siz de farkında olmadan bu korkuları beslemeye devam edersiniz.

Sabah gözünüzü açtığınızda, "Evet ben de hayatımı daha iyi yapabilirim; şükürler olsun..." demek yerine, "Ben mutlu, huzurlu, bolluk içinde bir hayatı hak etmiyorum ki!" demeye başladığınızda vesveselerin kucağına düşersiniz.

Hak etmeme korkusu taşıyan bir anne babanın evladıysanız, ileride çok çalışıp iyi yerlere bile gelseniz, bir bakarsınız ki hepsi elinizden gitmiş. Frekansınızda hak etmeme titreşimi olduğundan duygularınızla ilgili her şey elinizden kaçıp gider.

Size emanet olarak verilen malı, mülkü her şeyi kaybedersiniz. Yükselip yükselip yine dibe çakılırsınız.

"Allah'ım atalarımdan bilerek ya da bilmeyerek bana akıp gelen tüm korku kalıplarından sana sığınırım. Doğduğum günden bugüne kadar biriktirdiğim tüm korkulardan da sana sığınırım. Hepsinin vesvesenin bir oyunu olduğunun farkındayım. Allah'ım ben ve sevdiklerim sana emanetiz."

ATALARIMIZDAN, KARMALARIMIZDAN VE BU HAYATTAN TOPLADIĞIMIZ KORKU VE ENDİŞELERİMİZ (Sizde olduklarına inandıklarınızı işaretleyiniz)

Değersizlik Korkusu

- □ Kaybetme korkusu
- □ Başarısızlık korkusu
- □ Acı çekme korkusu
- □ Esir olmak, tutsaklık korkusu
- □ Dışlanma korkusu
- □ Reddedilme korkusu
- □ Çaresizlik, âcizlik korkusu
- □ Ayrılık korkusu
- □ Aşağılanma korkusu
- □ Onaylanmama, takdir edilmeme korkusu
- □ Aldatılma korkusu
- □ Sevilmeme korkusu

Güçsüzlük Korkusu

- □ Parasızlık korkusu
- □ Yokluk korkusu
- □ Kaybetme korkusu
- □ Başarısızlık korkusu
- □ Esir olmak, tutsaklık korkusu
- □ Bağımlı olma korkusu
- □ Hastalık korkusu
- □ Acı çekme korkusu
- □ Çaresizlik, âcizlik korkusu
- □ Bırakamama korkusu
- □ Değişimden korkma korkusu
- □ Kontrolü bırakma korkusu
- □ Kabul edilmeme, reddedilme korkusu

Bu listedeki korku ve endişelerden arınma çalışmalarını internet sayfamızdan sevgiyle paylaştık. **www.bulentgardiyanoglu.com** adresinden takip edebilirsiniz...

Suçlanma Korkusu

- □ Hata yapma korkusu
- □ Başarısızlık korkusu
- □ İnsanları üzme, incitme korkusu
- □ Güvenmekten korkmak
- □ Değişimden korkmak
- □ Kendini ifade edememekten korkmak
- □ Yetersizlik korkusu
- □ Hastalık korkusu

Yalnızlık Korkusu

- □ Kaybetmekten korkmak
- □ Yok olma, hiçlik korkusu
- □ Dışlanma, reddedilme korkusu
- □ Ayrılıktan korkmak
- □ Bırakamama korkusu
- □ Terk edilme korkusu
- □ Sevilmeme korkusu
- □ Kabul edilmeme korkusu
- □ Değişimden korkmak
- □ İnsanları incitmemek, üzmemek korkusu
- □ Yetersizlik korkusu
- □ Aldatılma korkusu

Ölüm Korkusu

- □ Ben hiçbir şeyden korkmam
- □ Böcek korkusu
- □ Uçak korkusu
- □ Yükseklik korkusu
- □ Kapalı alan korkusu

Küçük Korkular

- □ İnat
- □ Kıskançlık
- □ Yargı
- □ Eleştiri
- □ Yalan
- □ Dedikodu

GARANTİCİLİK

Herkesin içinde hep bir korku var. Hep bir garanti beklentisi söz konusu... Bu beklentilerin altında aslında ilahi akışa güvenememe ve kontrolcülük kaygısı yatıyor olabilir.

Garantici insanların algılarında, "Hayat kötüdür, siz başaramazsınız. Kendinizi garanti altına alın..." düşüncesi vardır.

Neden her şeyin garanti olmasını istediğinizi hiç düşündünüz mü? Korku mu hissediyorsunuz? Gelecekle ilgili endişeler mi taşıyorsunuz? O işin garanti olmaması durumunda haliniz harap mı olacak?

Şu an hangi durumdaysanız hayatınızı gözden geçirin. Yaptığınız çalışmaların ve verdiğiniz sözlerin altında hangi korkularınız var? Korku ve endişe, bir sürü aksiliği veya olumsuzluğu size doğru çeker. Siz korkuyla garanti işler yapmaya çalıştıkça, tersini hayatınıza çekmeye başlarsınız. Korku ürettiğiniz için, o işi garanti yapsanız da başka açıdan zarar görürsünüz. İşinizi sağlam ve garanti yapın ama içinizde korku enerjisi olmasın.

"Allah'ım senin yarattığın ilahi akışa güvenmeyi seçiyorum. Senin yarattığın ilahi sistemin her zaman en hayrımıza şekilde bizi desteklediğine inanıyorum. Ben elimden gelenin en iyisini yapıyorum, takdir senden."

KORKULARINIZ ENERJİNİZİ SÖMÜRMESİN

Şimdiye dek bir sürü korkudan bahsettik. Bu korkular, enerjinizi sürekli çeker, sizi aşağıda tutarlar. Artakalan enerjiniz varsa, onunla da huzura ulaşmaya çalışırsınız, sabrınız ve enerjiniz pek kalmaz. Enerjinizi korkulara kaptırmayın. Cesur olun.

Her zaman tövbe edin. Allah sıkça tövbe edeni sever. Tövbe etmek arınmaktır. Tövbe etmek, kafanızın içine sürekli gelen olumsuz enerjilerden, düşüncelerden, kötü niyetlerden Allah'a sığınmaktır. Bunların şifalanması için niyet etmek, yeni başlangıç için ilk adımı atmaktır.

Elbette tövbe etmek kolaydır ama daha önemli olanı da tövbeyi koruyabilmektir.

"Allah'ım tüm beni oyalayan korkularımdan sana sığınırım. Korkulara harcadığım enerjilerimden sana sığınırım. Geçmişte yaşadığım bütün olumsuzluklardan sana sığınırım. Şu andan itibaren korkularımın, endişelerimin, beklentilerimin senin nurunla şifalanmasına niyet ediyorum. Şükürler olsun..."

BÜYÜK BİR İLLÜZYONUN İÇİNDEYİZ

Bir odayı dağıtmadan toparlayamazsınız. Hayatınızı değiştirememenizin nedeni, kurmuş olduğunuz düzendir.

Hakikat benim için çok önemli. Uykuda gelip uykuda gitmek büyük ziyandır. Fakat hakikati bulmanız da kolay değil çünkü üstünüzde örtü var. Bu örtüyü siz koymadınız.

Kim mi koydu?

Anlatayım...

Mesela çiftçi olduğunuzu düşünün. Güzel bir çiftliğiniz var, tavuklarınız, büyükbaş hayvanlarınız var. Bu hayvanların her birinin insanlar gibi aklı olduğunu düşünün.

İneğiniz yanınıza gelip, "Kusura bakma, benim sosyal haklarım var... Etimden yararlanamazsın, bir tek sütümden yararlanabilirsin... O da cumartesi pazar hariç..." diyor. Sonra tavuğunuz size gelip, "Ben de AB vatandaşıyım, benim de haklarım var, yumurtamdan şu şartlarla yararlanabilirsin..." diyerek hakkını arıyor.

Gördüğünüz gibi besin zinciriniz akıllandığında artık onlardan faydalanamazsınız. Demek ki aklı olan besin zinciri, bir başkasına yem olmaz.

Bizler de bir nevi besin zinciriyiz. Dünyayı yöneten büyük bir sistem var. Biz dünyaya gelmeden önce kurulmuş bir sistem. Bu sistemi kimin yönettiğini bulamazsınız. Nasıl sonlandıracağınızı da... Sistem insanların akıllanmasını, soru sormasını, bilinçli ve farkındalıklı olmasını istemez. Bu sisteme negatif varlıklar da yardım ederek insanların her zaman korku frekansında kalmaları sağlanıyor. Korku negatif varlıkları ve sistemi besler. Savaşlar, terörizm, ekonomik krizlerle insanlara sanal bir gelecek korkusu ve endişe yükleniyor. Korkularınız, sizi beş duyunuza hapseder ve hakikate ulaşamazsınız.

Bunlar bir illüzyon... En büyük illüzyon ise daha iyisinin olduğunu düşünüp elimizdekilerden soğumamız ve sürekli yenilerini satın almaya odaklanmamız. Rekabet, hırs, ticari hedefler, lüks yaşamlar sürekli bilinçaltımıza empoze edilerek özendiriliyor. Farkında olmadan bir yarışa ve rekabete sürükleniyoruz.

Telefonumuz, kıyafetimiz, arabamız, işimiz, imkânlarımız ihtiyacımıza yönelik değil, başkalarınınkinden daha iyisi olmasına yönelik...

Bize hakikat dışında birçok masal uyduruluyor. Ne düşünmemiz gerektiği zihinlerimize planlı bir şekilde sokuluyor. Biz de yaşamamız gereken hakikati yaşayamadan sistemi enerjimizle destekleyerek yok olup gidiyoruz... Ziyanda bir yaşam...

İnsanoğlunun birçok konuda uykuda olması gerekiyor ki tüketmeye devam etsin. Satın almaya ve satın aldığından usanmaya devam etsin. Sistemi desteklesin. Paranızla ve emeğinizle size sürekli tatmin olma duygusu satılır ama kısa süreli bir tatmin... Satışın devam etmesi için, sizin de tüketime devam etmeniz gerekir. Bu nedenle her yıl her ürünün modeli yenilenir, her dönem moda yaratılır... Numaralarla yönlendirilirsiniz. Onlardaki model 5 ise sizdekinin 6 olması özendirilir. Bir süre kendinizi önde hissedersiniz.

"Aldığın arabanın düğmelerinin tamamını kullanabiliyor musun? Ya da çamaşır makinesindeki veya cep telefonundaki bütün düğmeleri bütün fonksiyonları biliyor musun?" diye soruyorum bazen insanlara...

Üniversitede Endüstri Ürünleri Tasarımı bölümünü okurken, çok değerli hocalarımız bize her zaman şunu söylerlerdi: "Kullanmayacağınız bir düğmeye para vermeyin..."

Biz her şeyin hep düğmesi fazla olsun istiyoruz. Oysa birçok düğmeyi hiç kullanmıyoruz. Hatta ne işe yaradığını bile bilmiyoruz...

Bize sahip olduğumuz emanetlerimize şükretmeyi unutturmaya çalışıyorlar. Kim olduklarını ve amaçlarını bulmaya çalışmadan önce, siz şükretmeyi yeniden hatırlamayı seçin.

SUBLİMİNAL MESAJLAR

Sizin niyetiniz iyi bile olsa, dışarıdan gelen etkilere karşı sürekli kendinizi güçlü tutmazsanız, birileri bundan istifade eder. Sizi etki altında bırakmak için her türlü yol denenir.

Kendiniz ve ailenizin farkındalığını artırdığınızda, bir film ya da çizgi film izlediğinizde eskiden göremediğiniz mesajları görmeye başlarsınız. İlk başlarda anlaşılmasa da ansızın bir filmde simgeleri görmeye başlarsınız. Bilinçaltınızın her zaman yakaladığı mesajları, bilinçli zihniniz de zaman içerisinde görmeye başlar.

Subliminal mesajlar genellikle bilinçaltımızın oldukça ilgisini çeken iki büyük unsur ile çalışır. Doğum (cinsellik) ve ölüm.

Herhangi bir görselin veya ses objesinin içinde gizli bir cinsellik ya da ölüm objesi olsun, bilinçaltınız anında fark eder ve oraya büyük bir merakla saplanır kalırsınız.

Bir şey sizi bir anda yüksek bir dikkatle içine alıyorsa, biraz dikkatli olun. Bilinçli zihninizin göremediği lakin bilinçaltınızın tuzağa düştüğü bir durum olabilir.

Evde işlerimizi rahat yapalım diye çocuklarımızı çizgi filmlerin başına oturturuz. Ne yazık ki çizgi filmlerde subliminal mesajlar için bu iki öğe kullanılıyor. Dikkat edin!

Çocuğunuzun davranışları zaman içerisinde sizin anlam veremediğiniz şekilde değişmeye başladıysa, çocuğunuz bu mesajların etkisine girmiş olabilir.

Bazı reklamlarda, bilbortlarda, müzik kliplerinde subliminal mesajlar kullanılır. Bazı büyük marketlere diş fırçası almak için girersiniz, diş fırçası dışında ne varsa alır çıkarsınız. Aldıklarınızın çoğu da gereksiz şeylerdir. Eve geldiğinizde diş fırçası almayı unuttuğunuzu fark edersiniz. Genelde bu durumları farkına varmadan yapıyoruz.

Bu konuda ilginç bir örnek vardır. Bir şirket için tanıtım işlerini yapacak firma bulmak üzere ihale açılır. İki firma başvurur. Onları şehrin belli bir noktasından alıp, sözleşmenin imzalanacağı şirket merkezine götürürler. Orada her iki firmanın tasarımcılarını ayrı odalara koyup, örnek bir çalışma yapmalarını rica ederler.

Bir süre sonra her iki tasarımcı da hazırladıkları tanıtımla tekrar görüşme odasına davet edilir ve şaşkınlık yaşanır. Her iki tasarımcı da aynı tanıtımı hazırlamıştır.

Peki, bu nasıl oldu? Onu da deneyi yapanlar açıklar:

"Biz size oyun oynadık. Sizi aldığımız noktadan itibaren yol üstündeki dükkânların camlarına küçük ilanlar ve grafikler koyduk. Siz onları görmediniz ama bilinçaltınız onları gördü. Buraya ulaştığınızda size ne yapacağınızı çoktan söylemiştik..."

Dikkatli olmanız gereken detay bu... Alışverişe ya da başka bir yere gittiğinizde, hissettiğiniz duygular size ait olanlar mı yoksa zihninize ekilenler mi?

Neyin nasıl ve ne zaman zihnimize ekildiğini bulmaya çalışmayın. Bu çabanız samanlıkta iğne aramaya benzer. Önemli olan kendimizi tanımak ve herhangi bir ortamda değişen duygu hallerimizin farkına varıp, gerektiğinde frene basabilmeyi öğrenmek. Bu da iradeyle gerçekleşir. İradenin güçlenmesi için de Allah'a gönülden ibadet etmek gerekiyor.

Subliminal mesajlar dışında bazı durumlar daha var. Etrafımızdaki insanların düşüncelerinin bizim zihnimizdeki yansımaları. Onların düşüncesi öyle derin ve içten oluyor ki, bunu kendi düşünce ya da duygularımızmış gibi hissedebiliyoruz. Bu konuyla ilgili bizzat kendi gerçekleştirdiğim binlerce bireysel seans ve görüşmelerimdeki sohbetlerde gözlemlediğim olaylardan aktarmak istiyorum.

Mesela karşınızdaki kişi sizi o kadar çok sever ki, siz mi onu seviyorsunuz, o mu sizi seviyor, sinyaller bazen karışır... Yani karşınızdaki kişinin sevgisi kendini aşar ve sizin varlığınız içerisinde de var olmaya başlar. Bazen siz de onu sevdiğinizi sanırsınız.

Biri, olduğu ortamda o kadar acıkır ki, herkesi acıktırabilir.

Biri o kadar sakin durur ki, herkes sakinleşir.

Düşünceleriniz başkalarının zihnine, başkalarının düşünceleri de sizin zihninize telepatik olarak yansıyor. Özellikle evlat, eş ve akraba gibi sempati ve sevgi bağlarıyla bağlı olduklarımız ya da nefret duyduğumuz kişilerde bu deneyim sıkça yaşanır. Bunu zamanla siz de fark edeceksiniz.

Kendinizi ve duygularınızı tanıdıkça, iradenizi güçlendirdikçe büyük bir interaktif etkileşim içerisinde olduğunuzu göreceksiniz.

Bir insanı korkutmak aslında o insanın telepatik bağlantı içerisinde olduğu birçok insanın da korku enerjisine bürünmesine sebep olabiliyor.

İnsanlar Allah tarafından gönderilen dinlere ve peygamberlere olan inançlarını ve saygılarını kaybettikçe, iradeleri zayıflar ve nefisleri (ego) tarafından yönetilirler. Nefis her zaman vesvese verenler ile işbirlikteliği yapmayı sever ve yönetilmesi oldukça kolaydır.

Bir an önce geçmişi şifalandırıp, enerjimizi farkındalığımıza ve irademize odaklamalıyız. İllüzyondan tek çıkış yolu, Allah'ın Kuran'daki hakikatini hissederek yaşamaya başlamak. Sevgi, barış, hoşgörü, yardımlaşma, merhamet...

"Allah'ım senin hakikatini kolaylıkla ve sağlıklı bir şekilde fark edebilmeye, uygulayabilmeye ve hazmedebilmeye niyet ediyorum..."

Allah yardımcımız olsun...

ENERJİNİZİ DÜŞÜREN OLAYLAR

Etrafınızdaki kişilerin sözlerine neden kafanızı takıyorsunuz? Bir sözle dahi enerjiniz düşüyor...

Hakkınızda söylenen sözlere kafayı takıp üzülüyorsanız, söylenenlere siz de inanıyorsunuz demektir.

Gerçek değilse niye kafanızı takıyorsunuz? Demek ki suçlanma korkunuz var. Suçlanma korkunuz olduğu için, sizinle ilgili söylenen her kelime için kafa yoruyorsunuz ve enerji harcıyorsunuz.

Etrafınızdaki kişilerin her hareketine takılı mı kalıyorsunuz?

"Bir şey mi istiyor acaba? Bir şey mi ima etti? Konuşurken dudağının kenarını neden büzdü? Bir şey mi demek istedi? Ben yine bir şey mi yaptım?"

Bir şeyi düşünürken zihniniz önce olumluya mı gidiyor, olumsuza mı?

Kişilerin neredeyse çoğu önce olumsuz düşünceye yönelir.

Dünyadaki başarılı insanların çoğunun imkânları bile yoktu. Bu insanlar yokluğun içinde bir noktadan yola çıkıp peşlerinden dünyayı değiştirecek fikirler ürettiler.

Hayatta hiçbir problemi, problem olarak görmeyin. Hepsi sizin için yol gösterici tecrübelerdir.

Bir yelkenli gemi olduğunuzu düşünün. Rotanızdan çıktığınızda ilahi sistem sizi rotanıza geri almak için farklı bir yönden rüzgâr estirecektir. İnatla rotadan çıkmaya devam ederseniz, fırtınaya yakalanırsınız. Yine inat ederseniz, büyük bir gemiyle yolunuz çakışır ve sizin küçük geminiz çarpışmada paramparça olur. Bir can simidiyle hayatta kalmaya çalışırsınız.

Hayatınıza gelen aksilikler de sizi gerçek yaşam yolunuza koymak için başınıza geliyor olabilir mi acaba, düşünün?

Yaşadığınız size göre olumsuz olaylardan aldığınız derslerden sonra dengeye gelmeye başlıyorsunuz. Nefsiniz (ego) arınmaya başladıkça olaylar karşısında duygusal ani tepkiler yerine, daha sakin dingin cevaplar ile karşılık vermeye başlıyorsunuz. Deneyimler yaşayıp, yaşadıklarınızdan derslerinizi aldıkça tam ve bütün olmanın huzurunu fark ediyorsunuz.

Tam ve bütün olmaya başladığınızda, enerjiniz de dengelenir. Dengeli bir enerji yükselir. Enerjiniz yükselmeye başladığındaysa hayatınızdaki insanlar, "Sen çok değiştin biliyor musun?" derler.

Eskiden etrafınızdaki olaylara fazla tepkiler verir, üzülürdünüz, enerjinizi başkalarına kaptırırdınız, karşı taraf da mutlu olurdu.

Siz dengeye geldikçe yaşadığınız olaylar karşısında da dengede olmaya başlıyorsunuz. Etrafınızdaki kişiler sizden enerji çekemeyince, değiştiğinizi söylerler. Hatta bencil olduğunuzu bile söyleyebilirler.

Siz artık dengedesiniz. Gün içinde işte ve ilişkilerde insanlar sizden enerji çalamaz.

"Allah'ım sen bana yetersin.
Bir tek sana kulluk ederim ve bir tek senden yardım dilerim.
Enerjimi benden alan her durumdan sana sığınırım."

KURTULMAK İÇİN KAÇMAYIN

Hiçbir yerden kurtulmak için kaçmayın. Kaçamazsınız... Kaçmaya çalıştığınız durum, gittiğiniz her yere sizinle gelir. Sizin bakış açınız değişmediği sürece, hayat değişmez.

Şu an hangi durum içindeyseniz, bulunduğunuz durumun sebebi, şimdiki bakış açınızdır.

Hayatınızda neyi korkuyla yaptıysanız, temeli sağlam olmadı. Bu dönemde korku kaleleri yıkılıyor. Boşanmak da çözüm değil. Gelen gideni hakikaten aratır. Bir önceki ilişkide size kötü davrandığını söyleyen kişinin yaptıklarını, bir sonraki ilişkide siz karşınızdakine yapıyorsunuz.

Bir durum karşısında tepki verirken, içine girdiğiniz durumlarda içsel olarak ne hissediyorsunuz? Hangi duygularınız güçleniyor, hangi duygularınız zayıflıyor? Bundan tatmin olmaya mı çalışıyorsunuz, güçlü mü çıkmaya çalışıyorsunuz?

Bu sorular üzerinde düşünmelisiniz. Genelde bu tür sorular sorduğunuzda, mantık devreye girer: Size o anda ya da geçmişte olumsuz her ne yaşamışsanız hatırlatmak ister.

"Saçmalama! Çocukken sen ona âşık olmuştun ve o sana bakmamıştı. Bir daha böyle saçmalık yapma. Artık sevme! Artık güvenme! Artık yardımcı olma!"

"Bundan sonra hiçbir insana yardımcı olmayacağım!" demeye başlamış olabilirsiniz.

Bu da aşırı yardımseverliğin diğer kutbudur... Ortaya yani dengeye gelmeyi deneyin... Al ve ver dengesine...

Yardım istemek ağırınıza gidiyor ama yardım etmeye her zaman hazırsınız. Zihninizde bir sürü program çalışıyor; Annenizin size söyledikleri, babanızın söyledikleri, filmlerde gördükleriniz, sokakta gördükleriniz... Yardım etmek güzel ama öğrendiğiniz normlara göre yardım istemek ayıp.

Yardım edebilmek kadar yardım isteyebilmek de bir erdemdir.

Şu an içinde bulunduğunuz sıkıntılı durum her neyle ilgiliyse (para, cesaret, ilişkiler vs.) olayı çözmek ve o olaya cevap bulmak yerine, bütün hayatınıza cevap bulmaya çalışın.

Birçok kişi piyango bileti alarak, loto oynayarak bulunduğu maddi sıkıntıların içinden hemen çıkıp kurtulmak ister. Oysa kurtuluş için piyango bileti alan hiç kimse kurtulamadı. İçinde bulunduğunuz durumdan kurtulmak için değil, şansınızı denemek için alın. Yapılan araştırmalarda, dünya çapında büyük ikramiye kazananlar, on yıl içinde başlangıçtan daha kötü duruma dönüyor. Çünkü kafa yapısını değiştirmiyorlar.

"Elime para geçsin, yapacağımı bilirim!" diye düşünüyorsanız, bakış açınız eskisi gibidir. Para gelsin ve sorunlar çözülsün. Siz de rahat edin. Gelen her sorun bir şey anlatmak istiyor. Siz cevabını bulup dersinizi alana kadar da gelmeye devam edecek. Kaçamazsınız!

Piyango herkesin peşinde koştuğu bir enerjidir. Herkesin peşinde koştuğu bir şeyi elde ettiğinizde, halen daha sizin değildir. Çünkü enerji boyutunda herkes onun peşindedir.

Örneğin, herkesin istediği bir arabayı aldığınızı varsayın. Yolda ilerlerken, birçok kişi ister istemez "Keşke benim de böyle arabam olsa" diyebilirler. Kozmik bağlarla iyi veya kötü enerji boyutunda ya arabanıza ya size bağlanırlar. Ne kadar çok ilgi çekerseniz o kadar kişi sizinle enerji bağı kurmaya çalışır. Sizi yavaş yavaş ya uyku ya da öfke sarmaya başlar. Farkında olmadan etrafınızdakilere çatmaya bile başlayabilirsiniz.

En güzeli, hayatta dikkat çekmeden ilerlemektir. Ama biz dikkat çekmek isteriz. Ünlü olmak, ön planda olmak isteriz. Siz göz önünde oldukça, birçok kişi sizinle enerji bağı kurar. Bu da sizi uzun vadede yorar. Ünlü kişilerin çoğunun depresyona girmesinin hatta intiharlarının altında, tükenmiş yaşam enerjileri yatmaktadır. Kendilerini dualarla korumayı başaranlar hariç.

Sizlerle bilgi paylaşmak için sosyal medyayı kullanıyorum. Böyle bir şey gerekmeseydi, sosyal medyayı kullanmaz, ziyaret dahi etmezdim.

Hayatınızda kazancınızın ufak da olsa bir kısmını her zaman sadaka verin. Diyete her zaman inanırım. Sadaka üzerinizdeki birçok olumsuz enerjiyi temizler alır. Hem bu âlemde hem de öte âlemde size yardımcı olur.

ŞİFALANDIRMA

İnsanların sevgi sözcükleri söyleyemediklerini, söylerken de korkuya kapıldıklarını fark ettim. Özgürce ve gönülden "Seni seviyorum!" ya da "İyi ki varsın!" dediğinizde, karşı taraftan umduğunuz gibi bir cevap alamasanız dahi kendinizi iyi ve dengede hissediyorsanız, sevginizi gerçekten gönülden ve karşılıksız söylediniz demektir.

Günlük yaşamınızda dikkat etmeniz gereken en önemli şeylerden biri de düzenli uykudur elbette. Uyku düzeni bozulunca sizin düzeniniz de bozulur. Çünkü vücut, bazı önemli hormonları uykudayken salgılar.

İkincisi düzenli beslenmedir. Genelde öğün atlayarak yaşıyoruz. Atlayınca diğer öğünde yememiz gerekenden fazlasını yiyoruz. Özellikle duygusal iniş çıkışların yaşandığı dönemlerdeysek, içimizdeki duygu eksikliklerini unutmak için daha da fazla yemek yiyoruz.

Hayatımızda düzen olmadığında ve kendimizi sıkıntıda hissettiğimizde, vücut gelecekle ilgili güvensizlik duyduğundan dolayı zor günler için yağ depolamaya başlar.

Kişiler, gelecekleri ile ilgili endişe etmeye başlayınca, ellerinden geldiğince stok yapmaya başlarlar. Vücut da sizin düşüncelerinizi duyduğundan, o de kendi geleceği için stok yapar.

Hayatınızı düzene soktuğunuzda, beslenme ve uyku düzeniniz tam olduğunda vücut, olması gereken sağlıklı ideal kiloya geri gelmeye başlıyor.

Kısacası; beslenme ve uyku düzeni bozulunca kilo almaya başlarsınız. Herkes kilo vermeye çalışır ama önerim, niye kilo aldığınızı fark edip, diyetten önce düşüncelerinizi diyete almanız.

Siz kendinizi güvende hissedince beyin de bedene "Rahat ol, her şey yolunda..." mesajı verir. Diğer olumsuz durumlarda, "Tehlike var, stok yap!" mesajı gidecektir. Üç gün aç bile kalsanız, vücut her bulduğunu stok yapmaya başlar. İçerideki hücrelerin aklı da sizin beyninize bağlı... Dışarıya nasıl bir tepki veriyorsanız, hücreleriniz de vücudunuzun içerisinde aynı tepkiyi veriyor.

Düşüncelerimizle nasıl hasta oluyoruz?

Hazmedemediğiniz, aşırı tepkiler verdiğiniz, sizi kıran, üzen, affedemediğiniz, özellikle de helalleşemediğiniz her türlü olay vücudunuzda sağlık sorunları yaratmaya başlıyor.

Yaptığım bireysel görüşmelerde düşünce yapıları aynı olan kişilerde benzer hastalıklara rastlandığını fark ettim.

(Burada yazdıklarım teşhis ve tedavi amaçlı değildir. Sadece gözlemdir. Sağlık ile ilgili teşhis ve tedavi için doktorunuzla iletişime geçmeniz gerekiyor.)

Birkaç tanesini paylaşmak istiyorum:

- Geçmişi affetmezseniz, sırt ağrısı yaşayabilirsiniz.
- Sevdiğiniz insana kendinizi anlatamazsanız, boyun ağrıları yaşayabilirsiniz.
- Her türlü akciğer, astım, bronşit gibi solunum sorunu altında "İnsanlar beni sevmiyor..." düşüncesi olabilir.

- Her türlü şeker rahatsızlığı altında, "Bu hayatta yaşayacağımız güzel bir şey kalmadı!" düşüncesi olabilir.
- Yüksek tansiyonun altında, "Kendimi size daha ne kadar ispatlamak zorundayım? Görün beni. Değer verin artık!" düşüncesi olabilir. Hep verip bir şey alamamak, yüksek tansiyona sebep olabilir.
- Düşük tansiyonun altında artık bu dünyadan keyif almadığınız düşüncesi olabilir.
- Diz ağrıları inatçılık, ayak ağrıları yaptığı işi sevmemekle ilişkili olabilir.
- Vücudun sol tarafındaki her türlü ağrı, geçmişle ilgili affedilmemiş, birikmiş enerjiler, sağ tarafındaki her türlü ağrı da gelecekle ilgili endişelerle ilgili olabilir.
- Saç dökülmesi, aşırı kontrolcülük ve mükemmeliyetçilik yüzünden olabilir.
- Böbrek ağrıları, hazmedemediğiniz olaylar sebebiyle olabilir.

Gözlemlediğim birçok olayı, internet sayfamızda daha detaylı ve güncellenmiş halleriyle paylaşmaya devam ediyorum. Yeniden belirtmek isterim ki yazdıklarım teşhis ve tedavi amaçlı değildir. Teşhis ve tedavi doktorların işidir.

Hastalık deneyimi yaşayanlar, tedavi sürecinizde, enerjinizi nereye harcadığınıza çok dikkat edin! Geçmişe takılı kalmayın. Affedemediğiniz bir durum varsa ve kalbiniz sevgiye kapalıysa iyileşme şansınız oldukça düşer. Siz milyon kere bile haklı olsanız, kendi içinizdeki enerji kaçakları size zarar verebilir.

Örneğin, vücudundaki asker hücrelerin araçlarına koymanız gereken yakıtı, siz halen geçmişte affedemediğiniz eski olaya harcıyorsanız, vücudunuzdaki asker hücreler de kötü hücreleri dışarı atamıyor.

Vücudunuzdaki yakıtı nereye kullanıyorsunuz? Hemen kaçakları bulup affedin, helalleşin... En tehlikelisi asla affetmeyeceğinizi düşündüğünüz kişilere sürekli enerjinizi kaptırmanız.

Gençken yani enerjimiz yüksekken, kötü düşünceler bedenimizi çok fazla yormayabilir. Kendi kendinizi hasta ettiğinizin farkına bile varmazsınız.

Oysa yaş ilerledikçe, gençlikteki enerjiyi bulabilmek zorlaşacaktır. Bir an önce boşa gönderdiğiniz enerjileri temizleyip şifalandırmanız gerekiyor.

Enerjiniz henüz varken, doğru şekilde kullanmalısınız.

Doğayla iletişim içerisinde olarak, sağlıklı beslenerek, sağlıklı uyuyarak, yaşadığınız olaylara önce iyi tarafından bakarak, geçmişi affederek, kendinizle ve herkesle helalleşip hayatınıza şükrederek boşa giden büyük bir enerjiyi kendinize yönlendirerek, sağlık durumunuzu daha iyiye taşıyabilirsiniz.

İnsanı ilaçla iyileştirirsin ama kafa yapısı değişmezse, yeniden hasta olur.

GEÇMİŞİ TEMİZLEME ÇALIŞMASI

Temiz bir kâğıda şunları yazın lütfen:

Geçmişte aklınızda kalan tartışmalar ve o tartışmalarda söylediğiniz sözler neler?

Halen daha o sözleri nerede ve kimlere sarf ediyorsunuz?

Dikkat edin!

Kişiler değişti ama siz hep aynı sözleri söylüyorsunuz; hep aynı şekilde savaşa giriyorsunuz; hep aynı şekilde kırılıyorsunuz, alınıyorsunuz.

Önce kendinizi tanıyın. Susup içine atan biri misiniz, sürekli ağlayan biri misiniz, küfür mü ediyorsunuz, kırıp döken biri misiniz? Olaylara verdiğiniz tepkiler ne? Herkesin bir tartışma şekli var, sizinki hangisi?

Bir tartışma anında nasıl davrandığınızı tespit ettikten sonra dikkat edin bakalım, çocuklarınız varsa eğer onlar da aynısını yapıyorlar mı diye gözleyin.

Siz her ne yapıyorsanız, çocuğunuz da bilerek ya da bilmeyerek ileride aynısını yapabilir.

Siz kendi davranışınızı barışçıl hale çevirdiğinizde, amacınız diyalog kurmak olduğunda, "Sen istediğin kadar bağır. Benim amacım senin ve benim için ortayı bulmak..." dediğinizde, karşı taraf sakinleşir. Karşınızdaki kişi suçlanma korkusu nedeniyle size sesini yükseltir, mutsuz olduğu için yükseltir, haksızlığa uğradığını düşündüğü için yükseltir, kendini korumaya geçer.

Temizlik aşamasında dikkat etmeniz gereken bir durum var. Yaşadığınız şu olaylar aslında şu an oluşmadı. Hepsi geçmişin birer yansıması... Şu an yaşadığınız olayı size ilk kim yaptı? Onu hatırlamaya çalışın. İlk yaşadığınız olay içinizde enerji kapsülü olarak duruyor. İçinizde unutmuş dahi olsanız, o enerji dışarıya çıkmak için sizin enerji alanınıza ya benzer olaylar çeker ya da sizi hastalandırır ve bedeninizin dışına çıkarak kendisini nötrler. Enerjiler her zaman akıllıdır. Yıldırım gibi düşünün. En yakın yere düşer. İçimize attığımız olumsuz yaşanmışlık enerjileri de dışarıya çıkana kadar en kısa yolu seçer.

Şimdi durup bir düşünelim. Hayatınıza olumsuz olaylar geliyor ve bu olaylar aslında şimdi oluşmadı. Hepsi geçmişte bırakılmış fakat affedilememiş olayların alarm zilleri.

Hepimiz genelde şu hatayı yapıyoruz:

Var olan sorunu çözmek için tüm imkânlarımızı seferber ediyoruz ve şimdiki sorunu görünürde çözüyoruz ama kısa bir süre sonra farklı tekrarı yeniden başımıza geliyor. Daha güçlü ve gittikçe hayatı bize zorlaştıran sorunlar... Amaç sorunu çözmekten önce neden alanımıza girdiğini bulabilmekti.

"Allah'ım yaratılıştan bugüne, bilerek ya da bilmeyerek bu âlemde veya başka âlemlerde, herhangi bir zerreye zarar vermişsem hepsinden af dilerim. Haklarını bana helal etmelerini niyet ederim. Bu âlemde veya başka âlemlerde bilerek ya da bilmeyerek benim varlığıma herhangi bir zarar gelmişse, hepsine hakkımı helal ediyorum, bağışlıyorum ve affediyorum. Şu andan itibaren kendimle ve yaratılmış her zerre ile Yaradan'dan ötürü barış içerisindeyim. Şükürler olsun."

ZİHİN HEP OLUMSUZU ÇAĞIRIR

Şimdi birlikte küçük bir deneme yapalım. Sakinleştirici bir müzik açın. On dakika boyunca müziği dinlemeye gayret gösterin.

Müzik çalmaya başladığında, zihninizde olumlu düşünceler doğmaya başlar. Bu olumlu düşünce belli bir süre sonra geçmişe doğru kaymaya meyleder.

Nasıl bir süre nefesinizi tutar sonra dayanamayıp nefes alıp/vermeye çalışırsınız, işte susmuş, huzur bulmuş bir zihin de bir süre sonra tedirgin olmaya başlar. Olumsuz bir düşünceyi eski alışkanlığından dolayı yeniden çağırır ki kendini güvende ve her şeyi kontrol altında hissedebilsin.

Ne kadar güvende kalıp, müziği duydunuz, ne kadar sonra zihninizden iyi ya da kötü bir düşünce sizi uzaklaştırdı? Olumlu ya da olumsuz... Buna dikkat edin.

Gerçekten müziğe konsantre olabilirseniz, müziği yapan insanları bile gözünüzde canlandırabilir, güzel mekânlarda zihninizde yolculuklar yapabilirsiniz.

Zihin güzel bir müzikte bile olumsuza kayıyorsa, zihin içinde oldukça birikmiş ve arınması gereken olaylar ya da kişiler var demektir. Yapacağınız ilk iş orayı temizlemek, sonrasındaysa yeni şeyler ekmek...

Zihninizdeki çöpü dışarı atın.

Zihninizdeki çöpleri dışarı atmaya başladıkça, yeni yerler açılacaktır. Eğer temizlediğiniz yerlere yeni ve güzel şeyler ekmezseniz, yine eski şeyler zamanla zihninizi sarmaya devam edecektir.

Yani, sadece bir arınma işlemi yapmanız yetmez: Bundan sonra davranış kalıbınızı da değiştirmeniz gerekir. Olumlu düşüncelerinizi hayatınıza da uygulamanız gerekir.

Eski yaşanmışlıklara dönüp, "Annem bunu yaptı, babam şunu yaptı, o şunu yaptı, bu bunu yaptı..." diyerek söylenirsiniz. Sonrasında bir de bakmışsınız ki yine aynı yere dönüp gelmişsiniz...

Aslında bilseniz ki bu olumsuz düşünceler size ait değil. Vesvese zihninizde sizin ses taklidinizi yaparak gayet güzel konuşuyor.

Temizleyemediğiniz her olay, ortalama üç yılda bir döngü yaşar, aynı yere gelirsiniz. Ahmet gider, Mehmet'le aynı şeyi yaşarsınız. Ayşe gider, Fatma ile aynı şeyi yaşarsınız. Şirket değiştirir, yine aynı ortamlarda bulursunuz kendinizi. İnatçı insanlarda beş, normal insanlarda üç yılda bir döngü olur. Tekrar aynı şeyler farklı kişilerde ve mekânlarda kendini gösterir.

Fakat kendi hayatını şifalandıran insanlar, bu döngüden çıkmaya başlar. Özgürlük sizin inatçılıklarınızı kenara koymanızla başlar, affetmeyle başlar, "Ben bilirim!" egosundan çıkıp, "Öğrenmeye hazırım, öğrenmeyi seviyorum..." demenizle başlar. "Biliyorum!" dediğiniz anda akışınızı kesiyorsunuz. Hem de maddi manevi kesiyorsunuz.

ÖĞRENDİĞİNİ UYGULAYABİLMEK

Öğrenmek güzel bir şey ama uygulamadığınız zaman sahip olduğunuz bilgi size hem yüktür hem de unutmaya başladığınız bir yatırımdır. Kullanılmayan bilgi bir süre sonra insanı basar, gerer ve sinirini bozar.

> *Bir tas olduğunuzu düşünün. O tasa su koyuyorlar ve diyorlar ki, bu tasın içindeki suyu yolundakilerle paylaşacaksın. Sen kendini ertelediğinden yola çıkamıyorsun. Öğrendiklerini uygulamadığından yola çıkamıyorsun ya da çıkıp yolda kalıyorsun veya yanlış yollara giriyorsun.*

Aradığınız cevapların hakkı size ait değil, o cevabı arayan herkese aittir.

Benim inandığım bir şey var ki, bir bardak su bile şişeye konurken, kime gideceğini bilir. Daldaki meyvenin bile sahibi vardır ve nereye gideceğini bilir.

İlahi sistemde her şey tam ve hassas bir terazinin dengesinde çalışır. Size verilen bir bilgiyi uygulamadığınızda altında ezilirsiniz.

Hayatımızın büyük bir bölümünde hep öğrenmeye çalıştık ama çok azını uygulamaya sokabildik. Uyguladığımız takdirde bazı şeylerin düzeleceğini bir yanımız her zaman bilir ama buna rağmen diğer yanımız da bizi sürekli erteler.

Bu sebeple, bu kitapta paylaşabildiklerimi, uygulayabilmeye niyet edin. Niyet ederek süreci başlatabilirsiniz.

Bazı olaylar, kişiler ve davranışlar benim de çok canımı sıkardı. Sinirlenince dengede olamıyorum, konsantrasyonumun azaldığını fark ediyorum. İlk başlarda bu durum haftalarca sürerdi fakat sonra günlere düştü. Yine ara sıra da olsa oluyor. Bazen ben de bir durum karşısında yeterince anlayışlı olamadığımı görüyorum ve kendime, "Dengede kal!" diyorum. Patlarsam, aynı olayı bir kere daha yaşayacağım çünkü...

Erdemli olmak, ne olursa olsun sessiz kalmak demek değildir... Yaşadığınız her şeyi ne için yaşadığınızı anlamak, dengeli ve sevgi dolu duruşunuzla ortamın nötrlenip şifalanmasına aracılık etmektir. Karanlığın ortamı ele geçirmeye başladığı anlarda Allah'a inanan bir tek kul bile bulunuyorsa o ortamda, işte orası Allah'ın nuruyla aydınlanır, şifalanır.

İnsansınız; bazen yorgun olursunuz, bazen stresiniz fazladır, yolculuktan gelmişsinizdir, işyerinizde yorulmuşsunuzdur... Üzerinize çok fazla negatif enerji yüklenmiştir. Bunlar olduğunda, olayları yanlış ve ters anlayabilirsiniz. Olaylar üstünüze gelir ve sizi basar.

Eğer benim alanımda bir başkasının öfke enerjisi varsa, biriyle görüşmeden önce öfkeli birinin yanından çıktıysam ve direkt eşimin yanına gittiysem, orada kavga olasılığı çok yüksek. Çünkü kendi alanımın içinde, önceki mekândaki kişinin öfkesi az ya da çok halen üzerimde var olabilir.

İnsana, dışarıdan gelen birçok tahrik vardır. Mesela nazar enerjisi... Dışarıdan gelen öfke enerjisi, negatif enerjiler, başka boyutlardan gelen enerjiler... Bir sürü tesir var hayatımızda.

Bunlara direnebilmeniz için bedeninizin ve auranızın güçlü olması gerekiyor. Beden ve aura güçlü değilse, kalkanınız bir şekilde delinir. Dışınızdaki kalkanı güçlü tutun. İçeriden de korunmak için abdestli gezmek, nefes çalışması yapmak, zikirler ve dualarla kendinize güçlü kalkanlar oluşturabilirsiniz. Bu koruma kalkanı siz birine kafayı takıp öfkelenerek içeriden dışarıya doğru delik açana kadar etkilidir. Siz içeriden dışarıya doğru delik açtığınızda, dışarıdan içeri doğru sızmaya çalışan olumsuz enerjiler artık içeri girmek için yol bulmuştur. Yolu siz açtınız, onlar da içeri girdiler. Bu sebeple tekrar hatırlatıyorum. Zihninizde, kısacası içinizde affedilmemiş bir tek enerji bile bırakmayın. Yoksa en ihtiyaçlı olduğunuz anda karşınıza gelir ve kalkanınızı, kendini hatırlatıp sizi öfkeye sardığı için delersiniz. Kendi kendinize yumruk atmaya devam edersiniz.

Seminerler veya workshoplardan sonra, enerji alanımın yüklü olduğunu fark ettiğimde seminer sonrası elimden geldiğince kısa bir süre de olsa yalnız kalmaya ve kendi enerji alanımı dualarla temizlemeye çalışıyorum. Erken yatarak, bedenimi dinlendirmeye çalışıyorum. Bazen tuzlu suya ayaklarımı soktuğum, sirkeli suyla yıkandığım da oluyor. Dua ediyorum, namaz kılıyorum, abdestli gezmeye çalıyorum... Kendimi koruma kalkanı içinde imgeliyorum. Elimden geleni yapıyorum...

En güçlü kalkan doğrudan Allah'a teslim olabilmek ve koruma altında olduğunuza inanmakla başlar. İçsel dengede kalabildiğiniz sürece de devam eder.

"Allah'ım dışarıdan bana doğru gelen her türlü olumsuz enerjiden doğrudan sana sığınırım.
İçimdeki tüm olumsuz düşüncelerden ve vesveselerden de sana sığınırım. Her zaman Allah'ın koruması altında olmaya niyet ediyorum."

DENGE, DENGE, DENGE

Dengede olmak, bilmekten de önemlidir.

Dünyadaki en iyi cambaz bile olsanız, ipin üstünde nasıl yürüneceğini bilmeniz yetmez. Dikkatiniz dağıldığı an dengenizi yitirip düşersiniz.

İşyerinde, evinizde, arkadaş çevrenizde biriyle iletişim içerisindeyken duygularınıza her zaman dikkat edin. Ortam içerisinde duygularınız, öfke ya da coşku yükseliyorsa içten veya dıştan gelen bazı etkiler altında olabilirsiniz. Ne hissettiğinizi yoklayın. Bir şeyi ispat etmeye mi çalışıyorsunuz? Kendinizi bir durum karşısında zorunlu açıklama yaparken mi buluyorsunuz? Kendinizi ortamdaki kişilerden yukarıda ya da aşağıda mı görüyorsunuz? Geride kaldığınızı mı hissediyorsunuz? Görülmediğinizi mi düşünüyorsunuz? Duygularınız sizin dengenizi bozmaya başladıysa, dikkatli olun.

En iyi hal elbette ki ruhunuz ve bedeninizin uyum içinde olmasıdır. Olur olmadık içsel ya da dışsal tepkiler vermek yerine, her şeyin bir şekilde yoluna gireceğine inanırsınız.

Olaylara müdahale etmeye gerek duymazsınız. İlahi akışa güvenirsiniz. Yapabileceğinizin en iyisini yaparsınız ama bunun için sonuç odaklı endişe üretmezsiniz. Kendinizi ispatlamak durumunda kalmazsınız. Bulunduğunuz ortam içerisinde huzurlu ve keyifli olursunuz.

Denge, denge, denge... Bu konuyu *2 Tam Bir Tek* isimli kitabımda detaylı bir şekilde paylaşmaya çalıştım.

Beden ve ruh uyum içerisindeyken "an"dasınızdır. Geçmiş ve gelecek endişeleri ortadan kalkmış, sakin ve dingin bir haldesinizdir. Allah'a dualarınızda kendinize sipariş yerine, Allah rızası ve bütünün hayrına dualar yer almaya başlamıştır.

Kendinize şu soruları sorup yanıtlayın lütfen:

En son ne zaman huzur doluydunuz?

Huzurlu haliniz ne kadar süre devam etti?

Huzurunuzu içeride tetiklenen bir düşünce mi bozdu?

Dışarıdan gelen bir telefon, haber ya da bir davranışa mı takılıp dengenizi yitirdiniz?

"Allah'ım dengemi nelerin bozduğunun artık farkındayım. Ben kendimi arındırdıkça, senin yarattığın her canlıyı senden ötürü sevgi ve hoşgörüyle sevmeye başladıkça dengeye gelmeye başladığımın farkındayım. İnsanların hayatlarına karışmaktan, doğrucu başı olmaktan, inatçılıklardan ve mükemmeliyetçilikten vazgeçiyorum. Senin yolunda varlığımın her zerresi ile cesurca ilerlemeye niyet ediyorum. Ben ve sevdiklerim güvendeyiz. Bir tek sen bana yetersin."

İLAHİ SİSTEME MEYDAN OKUMAYIN

Yıldızlara baktığım zaman bu yerkürede hapsolduğumu hissediyorum. Dünyanın neresine gidersem gideyim, bu duygu benimle birlikte geliyor. Dünyada kaldığım süreyi de hakikati arayarak geçirmeye niyet ediyorum.

Amaç hakikati bulmak... Uykuda gelip, uykuda gitmekten Allah'a sığınırım.

Yarın için endişelenerek bugününüzü ziyan etmeyin.

Fakirliği önermiyorum ama "mal da yalan mülk de yalan" sözünü her zaman hatırlayın. Bu dünyada hak ettiğiniz bütün güzellikleri yaşayın ama onlara tutunmayın. Sahip olduklarınızın emanet olduğunu hatırlayın.

Zamanınızı dünya malı peşinde koşarak harcamayın.

Sakın hiçbir şey için "Benim!" demeyin. Bir nimete "Ben onun sahibiyim!" diye baktığınız anda bereketi kesilir.

Nimetler, size verilmiş emanetlerdir. Aklınızdan çıkarmayın. "Benimdir..." diyerek ilahi sisteme bir meydan okursanız, başkası gelip benim dediklerinizi elinizden alır. Aileniz, çocuklarınız ve maddi imkânlarınızla övünmeyin.

Sahiplenmeye çalışırsanız, elinizdeki emanetler gider. Hayırlı bir şekilde kullanıp, emanet olduğunu her zaman hatırlarsanız, hem siz faydalanırsınız hem de diğer insanlara hayrı dokunur.

Hiçbir konuda iddiaya girmeyin. Ağzınızdan çıkan her söz günü gelir size geri döner. Büyük konuşmayın.

İletişiminizde her zaman dengede olabilmeye niyet edin. Siz dengede oldukça hayatınızdaki birçok şeyin de dengeye girmeye başladığını fark edeceksiniz.

Övündükleriniz ya da "Benim!" dediklerinizin de zamanla sizden uzaklaştığını, el değiştirdiklerini gördüğünüzde şaşırmayın.

Bize emanet edilen beden, bize emanet edilen can ve malla, kim kime övünebilir ki?

Övgülerin her zaman için Yaradan'a karşı olması niyetiyle...

"Allah'ım yaratılıştan bugüne bilerek ya da bilmeyerek her nerede büyük konuşmuşsam, dengemi bozacak enerjiler üretmişsem hepsinden af dilerim, sana sığınırım ve tövbe ederim. İddia etmek yerine mütevazı bir şekilde dengede yaşam yoluma sevgi ve aşkla devam edebilmeye niyet ediyorum. Şükürler olsun."

İÇİNİZDEKİ HUZURU GÜÇLENDİRİN

Hayat güzel bir yolculuk... Yaşadığınız bütün olumsuzlukları, acı olarak algıladığınız için acı çekiyorsunuz. Evet, acı, gerçekten acı... Ama size ne öğretmek istiyor? Ne vakit dünya değerlerine bu kadar sıkıca tutundunuz ki, elinizden gitmeye başlayınca canınızı yakıyor?

Bir insan size zarar veriyorsa, ya sizi uyandırması için onu hayatınıza çekmişsinizdir ya da arızalı parçanızın şifalanması için sizinle eşleşmiştir. Sizin canınıza okuyup sizi dengeye aldıktan sonra görevi bittiği için ya kendiliğinden düzelecek ya da gidecektir.

Birine zarar verdiğiniz için belki şu an bir başkası da size zarar veriyordur. Eğer bir başkasının bahçesine göz dikerseniz, onu yargılarsanız, kendi bahçenizde hiç ekmediğiniz yabani otların bittiğini görürsünüz. Hoşlanmadığınız bütün davranışları eşiniz ya da çocuklarınız yapar size.

Yargıladığınız, gözlemlerken içine duygu kattığınız (ben olsaydım yapmazdım, ben olsam evli biriyle birlikte olmazdım, ne biçim anne veya ne biçim baba, bizim çocuk Allahtan böyle değil...) her şeyi kendiniz de yaşayacaksınız. Sizi teğet geçerse eğer soyunuzdan başka birinde cereyan ederek nötrlenir.

Yani başınıza olumsuz bir şey geldiğinde, üzerinizdeki bir olumsuz enerjiyi topraklıyor da olabilirsiniz. Hemen Allah'a yönelip, "Allah'ım yaşadıklarımdan dersimi alıyorum ve sana sığınıyorum, yargılamaktan, eleştirmekten, suçlu aramaktan vazgeçiyorum" niyetini okumanızda fayda var. Bu niyetten sonra tekrar bir yargı yaparsanız durum iyice karışabilir.

Çocuklarınıza kötü şeyleri bile iyilikle anlatın. Kötü şeyleri aklına sokmayın. "Sakın uyuşturucu kullanma!" demek yerine, "Sağlıklı beslen, sağlıklı yaşa..." deyin. Yasakları söylediğinizde, onun bilinçaltı yasak olana ilgi göstermeye başlar. Endişe üretmeyin. Endişe, etrafınızdaki olumsuz olayları büyütmeye başlar.

Bunları akıl almaz ama gönül hisseder. Hayatta her şeyi akılla anlayamazsınız... Bazı şeyler de ancak hissetmekle anlaşılır.

İman eksikliği, maneviyat eksikliği, tatminsizlik, şükürden uzaklaşmak, bu dünyaya kök salmak, yanlış şeyler peşinde ömrünü heba etmek, zamanı ve enerjiyi boşa kullanmak çok yaygın bir sorun.

Kendinize şu soruyu sorup yanıtlayın lütfen:

Bir ev satın almak istediniz ve tam da sizin bütçenize uygun bir ev buldunuz. Tek sorun deprem bölgesinde ve her an deprem olabilir. O eve yerleşip, orada çocuk sahibi olup hayatınıza huzur içerisinde devam eder miydiniz?

Dünya da aslında böyle bir yer. Son kullanma tarihi olan bir mekân. Geçici bedensel sürecimizde yaşayalım ama hiç gitmeyecekmiş gibi tutunmayalım.

Bedensel yaşam döneminizde, içinizdeki huzuru güçlendirmeniz gerekiyor. Bir sürü ibadet yolu bir sürü teknik var önünüzde ama hepsi sizi ara sokaklara atıyor. Körü körüne değil, bilinçli ibadetler yapın. Sorgulamadığınız, içinize sinen cevapları alamadığınız yerlerden uzak durun. Sorgulamayan bir insana dönüştüyseniz, her şeyi bir kez daha gözden geçirin. Hakikati arayın. Birinin gelip anlatmasını beklemeyin. Yüreğinize seslenen kişileri dinleyip takip edin ama sonuçlarını kendi farkındalığınızla yakalayın.

Her ne öğrenirseniz öğrenin, dengede değilseniz, zihniniz karışır. Aceleci ve sabırsız olmak da kafa karıştırır. Bizleri ara yollara, çıkmazlara sürükleyebilir. Bilgiyi hızlı almaya çalışıp bir an önce sonucu görmeye çalışmayın. Dengenizi bozabilir. Allah'a olan yolculuğunuzda sabırla, sakin ve dingin ilerleyin.

Öyle eserler bırakın ki sizden sonra da insanlar şifalansın ve hayırdua enerjisi almaya devam edin. Hizmet edin... Bu dünyada yaşayacağınız daha kaç yıl var? Bir tek Allah bilir.

Sonra kelebek kozadan çıkacak. Biz bedenlerimizi teslim ettikten sonra kıyamete kadar bekleyeceğiz. Hesap günü gelene kadar dünya var olmaya devam edecek. 300 bin yıl mı, milyon yıl mı, milyar yıl mı? Bir tek Allah bilir... Bu kadar uzun süreçte sıkıntılı karanlıkta mı yoksa nurlar içerisinde mi beklemek isterdiniz?

Şunu hatırlatmak isterim ki; Kuran ve bilimadamları da evrenin genişlediğini, gün gelip küçülmenin başlayacağını, sonrasındaysa yok olacağını söylüyor.

İster Allah'a inanın isterseniz ateist olun fark etmez, kıyamet bir gün gerçekten kopacak! Allah herkesin yardımcısı olsun.

BEYNİMİZİN İLLÜZYONU

Hiç düşündünüz mü? Bedeninizin içerisinde nerede yaşıyorsunuz? Karaciğerinizde misiniz, böbrekte mi, kalp ya da beyinde mi? Evet bu gayet düşündürücü bir soru.

Beş duyu organımızla algıladığımız her şey beynimizin içerisinde işlem görür, analiz edilir ve algılayabileceğimiz hale getirilir.

Süper bir bilgisayar gibi saniyede milyarlarca işlem yapan beynimiz bu sebeple, yoğun işlem durumunu pratikleştirip aza indirmek için hayatın içinde her zaman kestirme yolları izler.

Hayatımızda birçok konu hakkında görür görmez, anında bir düşünce üretiriz. Farkına varmadan çoğu zaman o konuyu veya kişiyi etiketleriz. Özellikle de yeni tanıştığımız kişiler için bunu çok yaparız. Tanıştığımız kişiyi tanımak yerine, daha önce tanıdığımız kişilerden kime benziyorsa onunla ilişkilendirir ve kararlar veririz. Eğer geçmişteki eşleştirdiğimiz kişi kötü biriyse, yeni tanıştığımız kişiyle ilgili içimizde kötü izlenimler birikmeye başlayacaktır. Ya da tam tersi bir durum gerçekleşecektir. Yeni tanıştığımız kişi dayımızın oğluna benziyorsa ve biz o kişiyi çok seviyorsak, şimdiki tanıştığımız kişiyi de daha tanımadan sevmeye başlayacağız. "Sana kanım ısındı" diyeceğiz.

Bir kişiyi gerçekten tanımadan, başka bir kişiye benzeterek dostluk kurmaya çalıştığınızda, zaman içerisinde yanıldığınızı fark etmeye başlarsınız. Hatta işi ileri götürüp, o kişiyle yuva kurarsınız, 20-30 sene sonra bakarsınız ki zihninizdeki kişiyle hayatınıza aldığınız aynı kişi değil... Anlamak uzun sürer. İş hayatı için de bu böyledir.

Kişiler hayatlarındaki kişileri tanımaktan çok, tanıştıkları kişilere hayallerindeki karakterleri yükleyip onlarla yaşamayı tercih ederler. Böylelikle yalnız olmadıklarını hissederler.

Hayatımızın çoğu alanında manipülasyona açık olan zihnimizdeki illüzyonla yaşıyoruz.

İnsanları, hayatı ve doğayı algılarken, beyin sürekli kestirmeler kurar, tembellik yapar, kendi arşivinden bir dosya çıkarır ve ona göre karar vermek ister.

Peki, bu durumda ne yapacağız?

Karşınızdaki kişi bir şey anlatırken, onu gözlemlediğinizde duygularınızı kontrol edeceksiniz.

Gerçekten bazen hayatımızda birinin olmasını ister ve kendi kafamızdaki karakteri ona giydiririz. Bu herhangi bir siyasi görüş de olabilir, aşk, ortaklık ya da arkadaşlık ilişkisi de... Muhtemelen çok kötü bir şirketle görüşüyorsunuzdur ama işe ihtiyacınız olduğu için o şirketi farklı algılarsınız. İşyerindeki haksızlıklar, olaylar, sıkıntılar uzun süre size batmaz, görmezden gelirsiniz. Bir yanlışla karşılaştığınızda, görmezden gelemiyorsanız, yanlış gördüğünüz olayı aklamak için mazeretler bulur, kendinizi kandırırsınız. Tersi de olabilir. İşyeri çok iyidir ama siz, içinizdeki şartlanmadan dolayı her şeyi kötü görürsünüz. Oradaki her şey ve herkes, size kötü görünür.

Sürekli bir illüzyon içindesiniz. Beyniniz size inanmak istediğinizi gösterir. Gördükleriniz gerçek mi yoksa beyninizin size algılatmak istediği mi? Daha da önemlisi, bizlere empoze edilmek istenen mi?

Bir durum karşısında öfke, mutluluk, çekilim gibi duygular içindeyseniz, kendi içinizden olumlu ya da olumsuz kavramlar katıyorsunuzdur.

Elinizden geldiğince olayları tarafsız dinleyin ve gözlemleyin. Uzun vadede oldukça faydasını göreceksiniz. Nötr noktasına varmak burada çok önemli...

Bir olayı gözlemlerken, yorum katmadan gözlemlemek, yaklaşabileceğiniz en hayırlı ve dengeli noktadır. İlişkilerin birçoğunun başlama sebebi, kişiyi olduğu gibi görmek yerine, hayaldeki kahramanı o kişiye giydirmek ve hatalarını görmemektir ya da belki görmek istememek. O kişinin olumlu taraflarını büyütür, hayatınıza alırsınız. Başlangıçta ilişki iyi gitse de bir süre sonra terslikler başlar ve uzun vadede doğru seçim yapmadığınızı zor da olsa, kabul edersiniz.

Elbette tersi de olabilir. Karşınızdaki kişi iyidir, ilişkiniz iyi gidiyordur ama önceki ilişkilerinizdeki olumsuzlukları, şimdiki ilişkide görmeye şartlanırsınız. Siz geçmişi affedemeyip halen daha içinizde bir yerlerde taşırsanız, şu an hayatınızdaki kişiyi algılamak yerine, ona her baktığınızda veya her hareketinde size geçmişteki birini hatırlatır.

Diyelim ki babanız sorumsuzdu. Ama kendinize bir eş seçtiniz ve zihniniz sürekli onu babanıza benzetti. Eşiniz sorumluluk sahibi bir insan bile olsa, sürekli sorumsuz olduğunu düşünerek, onu sorumluluk almayan bir insan haline getirirsiniz. Sonra da eşinizi suçlarsınız. Veya bir başkasında da aynı deneyimi yaşayabilirsiniz.

Kendinize dürüstçe şu soruyu sorun:

Hayatınızda iyiye ne kadar süre odaklanabiliyorsunuz, olumsuz düşüncelere ne kadar?

Karşı taraf iyi bir insan bile olsa, sizin ona gönderdiğiniz sinyalden dolayı hareketleri size batacaktır. İçsel tepkinize dışsal tepkiler verecektir. Siz de onu bol bol suçlayacaksınızdır muhtemelen. Dolayısıyla o da daha çok tepki vermeye devam edecektir. Geçmişi hatırlatan olumsuz olayları ne zaman ki gönülden affedip helalleşeceksiniz, işte o zaman hayatınızdaki birçok olay kendiliğinden düzelmeye başlayacak.

Burası hassas bir nokta: Lütfen dikkat edin! Gözlemlediğiniz her şey doğru olmayabilir. Bu nedenle bir kişi veya durumla karşı karşıya geldiğinizde hemen tepki vermek yerine, sakin ve dingin bir şekilde gözlemleyin ve hissetmeye çalışın. Gözlemin ötesinde hislerinizi de kullanabilmeye niyet edin.

BEYNİNİZ SİZİ NEYE İNANDIRIYOR?

Elektrik kesildiğinde odadaki prizin yerini ve kapının kolunu kolayca bulursunuz çünkü yolu zihnen bilirsiniz. Beyin aynı şeyleri aynı yerde bulmaya çalışacaktır. Bu sebeple gözün gördüğünü kullanmak yerine, kendindeki hazır bilgiyi kullanmaya meyillidir beyin. Karşınızdaki kişiyle beyninizin oluşturduğu kişi farklı olabilir ama beyin kendi bildiğinin doğru olduğuna sizi inandırır.

Olaylara nötr bakmaya başladıkça, beyin yeni bakış açıları geliştirmek zorunda kalacaktır.

İnsanları ilk gözlemlediğiniz an ile onlarla yaşamaya başladığınız an arasında ciddi fark vardır. Bu fark ne kadar çoksa beyniniz o kadar kestirme yol bulmuştur. İnsanları oldukları gibi tanımak yerine, onları algılamak istediğimiz gibi almışız ve yıllar sonra hayretler içerisinde kalmışız. Yanlış eşleşmeler!

Karşıdaki insanın olumsuzluğuna odaklanırsanız, zaman içinde olumsuzluk göstermeye başlayacaktır. Olumluya odaklanırsanız, olumlu yanlarını gösterecektir.

Geçmiş önemlidir. Geçmişte acılarla yaşadıysanız, hayatta kime bakarsanız bakın, hangi şirkete girerseniz girin, hangi ilişkiye başlarsanız başlayın, hangi arkadaş grubuna katılırsanız katılın, beyninizde geçmişe bağlı kısa yollar nedeniyle kişileri olması gerektiği gibi tanıyamadığınızı fark edeceksiniz.

Önce akıl size oyun oynar. İnandırır. Yayın yapar ve hayatınıza çekersiniz. Uyanmanız gereken nokta, aklınızın size sürekli oyun oynadığını fark edip, hislerinize güvenmeye başlamanızdır. Bunun için "anda kalmanız" gerekir.

Örneğin, bir araba almak istiyorsunuz.

Duruma nötr bakarsanız artı ve eksilerini görürsünüz.

Araba alırken başka alternatifiniz olmadığını düşünürseniz seçtiğiniz ilk araba gayet kusurlu da olsa beyniniz o arabanın en uygun seçenek olduğuna sizi ikna eder. Bu yüzden beyninizden çok hislerinize güvenin.

İlişki seçimlerinizde de durum böyledir. Ailenizden kurtulmak hedefiyle bir ilişki arayışı içindeyseniz karşınıza çıkan insan sizin için ne kadar yanlış olursa olsun beyniniz onun doğru kişi olduğuna sizi inandıracaktır. Hedefinize uygun veriler çıkaracaktır karşınıza.

Bugüne kadar gördüğünüz insanların çoğu aslında oldukları gibi değil sizin algıladığınız gibiydiler. Onlar zihninizin yüklediği anlamlardan ibaretti.

"Allah'ım her türlü yanılgıdan sana sığınırım. Doğru ile yanlışı ayırt edebilmeyi nasip eyle."

BEYNİNİZİ ŞAŞIRTIN

"Affedin, bağışlayın, anda yaşayın..." diye tekrarlayıp duruyorum. Bu işin birinci basamağı... Fakat ikinci basamakta artık şunu da fark etmeye başlıyorsunuz. Zihniniz size oyun oynuyor. Trafikte hep aynı yollardan gidiyorsunuz. Dişlerinizi hep aynı elinizle tuttuğunuz fırçayla temizliyorsunuz. Yemeği aynı elle yiyorsunuz. Kısacası size en uygun sistem otomatiğe alındı ve kısa yol oluşturuldu.

Çocuklar sürekli yeni deneyimler yaşarlar... Elleri yanar, düşerler, başlarını çarparlar... Onlar için birçok şey yenidir, şaşırtıcıdır, heyecan vericidir. Algıları bu nedenle hep açıktır ve sürekli öğrenirler.

Yetişkin bireylerde deneyim tamamlayıcıdır. Özellikle de o birey yeniliklere kapalıysa kendi algı kapasitesini de beraberinde küçültüp kapatır.

Beyninizi biraz şaşırtın. Hayırlı hobileriniz olsun. Spor yapın. Yeni ve hayırlı arkadaş çevreleri edinin, farklı şehirlerde gezin... Hayatınıza yeni ve hayırlı yollar bulabilmeye niyet edin. Hep aynı tencerede aynı yemeği yapmayın.

Sağ elinizle yazıyorsanız, arada sol elinizle de yazın. İşinize farklı yollardan gidin. Eskiden evle okulun aynı yerde olmaması gerektiği söylenirdi. Bir durak da olsa uzak olması istenirdi. Çünkü bulunduğunuz yerden çıkmanız gerekir. Home ofis dediğimiz olgu insanı zamanla yorar.

Ara sıra eşyalarınızın yerini değiştirin. Elbise dolabınızda kıyafetlerinizin yerini değiştirin, arayın. Aramak, beyinde yeni sorgu süreci başlatır. Hep kısa yoldan gitmek beyni tembelleştirir. Yeni sorgu süreçleri oluşturun. Aramak bir harekettir, beyin aktivitesidir. Arayın ki zihniniz egzersiz yapabilsin.

Biz hep aynı şeyleri aynı yere koyarız, aradığımızda bulması kolay olsun diye. Arada bir düzeninizi bozun ki beyin yeni yollar üretsin, düşünsün. Bulmaca doldurmak, kitap okumak, doğaya çıkmak oldukça faydalı... Güzel ve farklı müzikler dinleyin.

Gözlemlediğiniz her şey, gördüğünüz şey değildir. Bakmakla görmek arasında fark var.

Biri sizinle ilgili bir şey söylüyorsa, hemen üzerinize alınmayın. Allah bilir sizi kime benzetti ya da kendi içindeki bir şeyi.

Çok az kişi gerçekten karşısındaki kişiyi net ve olduğu gibi görür.

Farklı mahalleleri gezmek, farklı dükkânlardan alışveriş yapmak bile faydalıdır. Farklı ürünleri de inceleyin. Beyin "Bu da nedir?" diye sorgulayacaktır.

Tamam, romantik filmler sevin ama arada bilimkurgu da izleyin...

Hakikati görebilmek için rutinden çıkmanız gerekir. Görmek yetmez, hissiyatınızla da olaya bakmanız lazım. Deneyim yaşamadan hayatı öğrenemezsiniz. Deneyim yaşamaktan korkarak, sabit bir hayat oluşturduk kendimize.

Rutin kuralları, saatleri, şekli olan, garanti bir maaşı olan, garanti bir emekliliği olan, rutin bir hayat...

> *"İki günü bir olan ziyandadır." – Hz. Muhammed*

Rutinlerinizi ara sıra da olsa kırın. Biri benim karşıma gelip, otuz yıldır aynı işi yaptığını söylerse, üzülürüm onun için. Üç yılda bir iş değiştirin demiyorum ama başka deneyimler de yaşamalısınız. Farklı sektörler, yeni insanlar ve ortamlar da gereklidir...

KALIPLARA HAPSOLMAYIN

Beyninizin içinde yaşıyorsunuz, daha dışarı çıkamadınız. Dışarıda yaşamaktan korkuyorsunuz. Dokunmaktan, koklamaktan, hissetmekten korkuyorsunuz...

Kalıplardan çıkmamız gerekiyor. Bu, olayları algılama şeklimizi de değiştirir. Bir gün saat 12.00'de evden çıkın ve yirmi dakika yürüyün, ertesi gün saat 13.00'te çıkıp yarım saat yürüyün. Bunu yaptığınızda bile beyniniz farklı şeyler görecektir çünkü sokaklarda her saat farklı insanlar bulacaksınız.

Seyahat edin, hareket edin. Yola çıktığımızda hep gideceğimiz noktaya odaklanırız. Kısmetinizde varsa zaten oraya gideceksiniz. Yavaş gidin, telaş etmeyin. Anı kaçırmayın. Biraz da yolculuk sürecini yaşayın.

Araba kullanacaksanız önünüze bakın, yan koltuktaysanız etrafı izleyin. Otobüste ya da yaya olduğunuzda başınızı önünüze eğip, elinizdeki cep telefonuna dalmayın. Etrafınıza bakın, yeni şeyler gözlemleyin. İçsesiniz "Bunlar zaten her gün gördüğüm şeyler" diyerek tepki gösterebilir. Fakat her şey her gün değişiyor. Biz sadece görmek istemiyoruz.

Dünya sürücü koltuğundan farklı, yolcu koltuğundan

daha da farklı görünür. Bu yüzden dünyaya hep aynı yerden bakmayın.

Hayatınızdaki rutini sevgiyle uzaklaştırın. Ömrünüz akıp gidiyor. Korkular etrafınızda örümcek ağı gibi sizi doladı. Eskiden hayalleriniz vardı. Şimdi o hayallerden oldukça uzaktasınız. Neden mi? Eskiden kimseye kırgın değildiniz. Kalbinizde koşulsuz sevgi vardı. Din, dil, ırk, mezhep ayırmadan herkesi seviyordunuz. Siz büyüdükçe parçalara bölündünüz. Kutuplaştırıldınız. Sizi kontrol edebilmek için içinize korkular, görevler, tabular ekildi.

Ve siz, siz olmaktan çok uzun zaman önce uzaklaştınız.

Kendinize bir sorun bakalım, on nefesinizde kime ne söylemek isterdiniz? Yarım bıraktıklarınız, yapabileceğinizi bilip de yapamadıklarınız. Daha birçok olayla iç içesiniz.

Enerjinizin olmadığını düşünüyorsanız, var olanı nereye gönderdiniz? Gönderdiğiniz tüm enerji kaçaklarını hemen kesin. Kısa bir süre içerisinde tekrar canlandığınızı ve yüreğinizin cesaretle dolup taştığını göreceksiniz. Ümit etmeye yeniden başladığınızı fark edeceksiniz. Enerjiniz yükseldikçe cesaretinizden dolayı, yarım bıraktıklarınızı yapmaya başlayacaksınız.

"Allah'ım en yüce hayrıma değişimin sağlıklı ve kolaylıkla hayatımda başlamasına niyet ediyorum. İçimin yeniden yaşam enerjisi ile dolmasını, cesaretimin yeniden çoğalmasını ve yarım bıraktıklarımı kolaylıkla ve sağlıklı bir şekilde tamamlayabilmeye niyet ediyorum. Senin gücün her şeye yeter."

BİLİNÇALTINIZ HER ŞEYİ KAYDEDİYOR

Bilincimiz ve bilinçaltımız bir şekilde uyumlu çalışıyor. Bilinçaltı, bugüne kadar yaşadığınız her şeyi video kamera gibi kaydediyor. Bilinçse öğrendiklerinizdir. Bilinçaltı, görmediklerinizi bile görür. Yolda yürürken kaç tane elektrik direği olduğunu saymazsınız ama bilinçaltınız sayar. Kaç tane araba gördüğünüzü sayar, kaç tane insan gördüğünüzü sayar... TV'de gördüğü terör, ölüm ve acı içerikli her türlü haberi kaydeder. Sürekli çalışır. Süper bilgisayar gibi, gördüğü her şeyi gerçek zamanlı kaydeder.

Bilinçaltınızın neyle dolu olduğu ve neyle uğraştığı çok önemli...

Hipnozla uyutulan kişilerin, evinden işine gelirken yolda kaç direk bulunduğunu doğru şekilde söyleyebildiği görülmüştür. Çünkü siz bakarsınız ama bilinçaltı görür.

Peki, günlük yaşamda seçimler yaparken, bilinçli mi yoksa bilinçaltı etkisinde mi kararlar veriyoruz?

Bilinçaltınız, sürekli bilinçli zihninize komut göndererek sizi yönlendiriyor. Kişilerin çoğu hayatlarını bilinçaltlarının yönlendirmeleriyle yaşıyor. Çok az kişi iradesiyle bilinçaltından gelen komutları fark edip, dur demeyi ve değiştirmeyi başarabiliyor.

İrade nedir?

İrade, o anda canınızın çektiğiyle hayrınıza olanın arasındaki farkı bilip hayrınıza olanı seçebilecek güce sahip olmaktır. Bu da Allah'ın bir lütfudur.

Şimdi fark etmemiz gereken önemli bir noktadayız. Bilinçaltımız sürekli bir şeylerin siparişini veriyor ve biz de ona göre hareket ediyoruz. Peki rahmani mi şeytani mi olduğunu nasıl anlayacağız?

Gerçekten Allah'a teslimiyet ve içten yapılan ibadetle iradenizi güçlendirebilirsiniz. Aksi halde çoğu zaman sizi nefsiniz yönetecektir.

En büyük savaşınız, sizi kontrol eden nefsinizin neler yaptığını fark etmek ve iradenizi güçlendirebilmektir.

Yapılan bilimsel çalışmalarda, kişiler karar vermeden altı saniye önce, beyin MR'ında elektriksel aktiviteler görülüyor. MR makinesindeki kişiler, seçim yapmadan altı saniye önce neyi seçeceğini teknik olarak görebiliyorlar. İşte bu oldukça önemli bir veri. İçinizde, sizden bağımsız çalışan ve size ne yapacağınızı altı saniye önceden söyleyen bir bilinçaltınız var. Siz de seçimleri kendinizin yaptığınızı sanıyorsunuz.

Şimdi kendinize bir soru daha sorun:

Bunu benim nefsim mi istiyor yoksa gerçekten ben mi istiyorum?

Hayattaki tekâmülünüz, içinizdeki sizden bağımsızlığınızı ilan etmenizdir. Özgürleşebilmenizdir...

Hayatınıza bir insan girer. Ondan hoşlanırsınız ya da hoşlanmazsınız. Aslında buna bilinçaltınız karar verir.

"Benim bilinçaltım senden neden rahatsız oldu? Ya da neden hoşlanmadı ki beni sürekli seninle ilgili rahatsız ediyor?" Ya da: "Neden senden hoşlandı ki sürekli seni düşündürtüyor?"

Sanıyoruz ki âşık olduk... Oysa âşık olduğunuz insanlara bir bakın. Tamamı çocukluğunuzda ya çok sevdiğiniz ya da nefret ettiğiniz insanların yansıması... Çok az insan hayatındaki insanı gerçekten kendisi seçebilir. Diğerleri, korku, endişe, öfke gibi etkilerle bilinçaltının çekimi olduğunu fark etme zamanınız geldi.

Babanızı, annenizi çok seviyorsanız, onların özelliklerini taşıyan kişilere yönelirsiniz. İlişkinizde annenizi arıyorsunuz çünkü güvende olmayı istiyorsunuz. Ya da hayatınıza bir erkek çekiyorsunuz çünkü babanızı andırıyor. Ne de olsa o sizi koşulsuzca koruyor, kol kanat geriyordu... Benzettiğiniz insanların aynı davranışları sergileyeceğini düşünüyorsunuz ama yanılıyorsunuz. Âşık olduğunuzu zannediyorsunuz...

Öncelikle geçmişte yargıladığınız, hata aradığınız, kızdığınız olayları hatırlamaya çalışın. Sonra tekrar bir gözden geçirin, hangileri tekrar ediyor?

Anne ya da babanızdan nefret ediyorsanız, hayatınıza onlara benzer insanlar çekmeye devam edersiniz. Ya hayran olduğunuz ya da nefret ettiğiniz enerjideki kişileri hayatınıza çekersiniz.

Bir ortama girdiğinizde bilinçaltınız, ortamdaki insanlarla telepatik olarak iletişime geçiyor. Ten kokunuz gibi, kişiye özel bir telepatik iletişim olduğuna da çok inanıyorum. Bulunduğunuz alan içerisinde, diğer kişiler de sizin gibi telepatik iletişim içerisindeler lakin bunun farkında değiller.

Kısa bir süre sonra telepati hakkında oldukça yaygın

bilgiler duymaya başladığınızda şaşırmayın. Hepimiz cep telefonu gibiyiz. Farkına varmadan birbirimizle mesajlaşıyoruz. İster dünyasal boyutta ister astral boyutta.

Zihninizi susturmayı başarsanız, olabileceklere inanamayacaksınız!

BİLİNÇALTINI TEMİZLEME ÇALIŞMASI

Dünyanın birçok yerinde birçok teknikle bilinçaltı temizliği yapılıyor. İçlerinden en etkili olanı, helalleşmek ve tövbe etmektir.

Hayatınızda hatalar yaptığınızı fark edip düzeltmek istediğinizde yeni bir başlangıç için adım atmış oluyorsunuz. Bu adımda karşınıza çıkan dış engeller olabilir. İlk dış engel, sizin eski hatalarınızı sürekli yüzünüze vuran kişilerdir ya da arkanızdan hatalarınızı çekiştirenler. Sizin başarabileceğinize gönülden inanmayan insanlar.

Atalarımız her zaman der ki: "Arkasından konuşarak, alma günahını!"

Tövbe mekanizmasını gönülden kim denediyse, hayatı değişiyor. Tövbeden sonra yapılması gereken şeyse tövbenizi korumak... Yoksa en başa dönüyorsunuz. Sınavlarınız en baştan yeniden başlıyor.

Bilinçaltı temizliğinde ilk adım tövbe etmekle başlıyor. Ardından bilinçaltı temizliğinde 21 günlük düşünce detoksu tekniğini de kullanabilirsiniz. Web sitemizde bu konu ile ilgili bilgi paylaştık.

Zihniniz tövbe aşamasında sizin tövbenizi bozmanız ve küfre kaçmanız için sürekli vesveseyle işbirlikteliği yapacaktır. Dikkatli olun. Eski yaşanmışlıkları, siz haklıymışsınız da karşı taraf suçluymuş gibi gösterterek kavga etmenize bile sebep olabilir.

Bu noktada en güzel yol, zihninize hangi olay gelirse gelsin, içinizden, "Kabuldeyim, affediyorum, hakkımı helal ediyorum, onun da kendince haklı tarafları vardır" diyerek işinize devam etmektir.

Aklınıza kim ya da ne gelirse gelsin ilk beş altı saniye içinde iradenizle bu durumu fark edip çözebiliyorsanız dengeye gelmeye başladınız demektir. Eğer o kısa süre içerisinde içinizdeki olumsuz ses sizi ele geçirmeyi başarırsa, sakinleşene kadar kırıp dökeceksiniz, sonrasında da her zamanki gibi pişman olacaksınız. Etrafınızdakilerden özür dileyeceksiniz.

Sürekli bu durum içerisindeyseniz, büyük ihtimalle etrafınızdakiler de sizden bıkmış olabilirler.

Artık ateşkes zamanı geldi demektir. Etrafınızdaki kişilerle her ne yaşandıysa yaşandı. Şu andan itibaren "Kendimle ve herkesle barış ilan ediyorum" deyin.

"Allah'ım tüm günahlarımdan sana sığınırım. Yaptıklarımdan dersimi aldım. Şu andan itibaren tüm içtenliğimle tövbe ediyorum. Şüphesiz sen tövbeleri kabul eden, bağışlayansın. Sana sığındım ve emanetim. Şükürler olsun yeni bir başlangıç için."

İRADENİN ORTAYA ÇIKTIĞI NOKTA

Burada en önemli şey, kendi manevi gücünüzü ve enerjinizi yönetmektir ki bilinçaltının esaretinden çıkıp, irade sahibi olasınız.

İçinizden bir ses "Sabah namazına kalk!" der, diğer ses "Boş ver sonra kılarsın!" İşte burada irade devreye girer. İradeniz güçlüyse bilinçaltına da söz geçirirsiniz.

Birçok insan kendi bilinçaltı yanında, başka boyutların da tahriki altındadır.

Bebeklerde anne karnındaki üçüncü aydan itibaren duydukları, gördükleri her şey kayıtlıdır. Bilinç bunu anlamıyor ama bilinçaltı anlıyor. Kendi atalarınızdan aktarılanlar da var. Çocuklar etrafı sürekli gözlemliyor ve dinliyor.

Büyüklerin sohbetlerinde geçmişe ait üzüntüleri, acıları, aldatılmaları, haksızlıkları bol bol dinlemek mümkün.

Birçok olumsuzluk anlatılıyor. Çocuklar şükretsin ya da tedbirli olsun diye bunlar sürekli tekrarlanıyor.

Çocuk bunları dinleyerek büyüyor ve günün birinde öyle bir eş seçiyor ki aynen geçmişte anlatılan ninesi gibi... Oysa nineyi hiç görmemiş... Görmediği halde ya kendisi ninesi gibi olmuş ya da ninesi gibi birini hayatına çekmiş.

Yani eşinizi, işinizi, hayatınızı, her şeyinizi, bilinçaltınıza geçmişte yüklenen programlar, tahrikler etkiliyor. Siz sanıyorsunuz ki siz seçtiniz.

Eğer sigara içerken bilincim değil de bilinçaltım bunu istiyorsa, o zaman ben yönetiliyorum.

Bu noktada irade devreye giriyor. Altı kaşık yemekle doyuyorsanız ve gözünüz sürekli yeme arzusuyla tatlıya, diğer yemeklere bakıyorsa, bu bilinçaltınızdan size gelen sinyallerdir ya da masada aklı tatlıda olan birini duyuyorsunuzdur. Etrafınızdaki insanların içsel duygu halleri de sizin bilinçaltınızı etkiler. Telepatik iletişim o ortamdaki kişiler arasında sürekli devam eder. En güçlü telepatik iletişimi ise asla affedemediğiniz veya çok sevdiğiniz kişilerle yaşıyorsunuz.

Demek ki bilinçaltınız, anne karnında, üçüncü aydan itibaren duyduklarınızı kaydediyor, seçtiklerinizi etkiliyor. Eş, iş araba, yiyecek, giyecek... Doğduktan sonra annenizden babanızdan, etraftan duyduğunuz hikâyeler sizi şekillendiriyor. Metafizik boyuttaki varlıklar, etrafınızdaki insanların düşünceleri vs. sizi bir şekilde az ya da çok etkiliyor. Ses dosyaları içine gömülmüş gizli ses kodları, televizyonda izlediğiniz görüntüler içine gizlenen kodlar siz büyürken anne babanız oluyorlar.

Dikkat edin! Siz iradenizi güçlendirmedikçe, kendiniz değilsiniz! Yaşadığınız olumsuz olaylar da aslında sizi yoğuruyor. Şikâyet etmek yerine dersinizi alsanız, irade açısından faydası büyük olacak.

"Allah'ım irademi en hayırlı, sağlıklı ve kolaylıkla güçlendirebilmeye niyet ediyorum."

İRADEYİ GÜÇLENDİRMEK

İzlediğiniz filmlere, çizgi filmlere, gördüğünüz reklamlara, okuduğunuz haberlere, dinlediğiniz müziklere dikkat edin. Sizin bilinçli olarak göremediğiniz ama bilinçaltınızın sürekli gördüğü mesajlar ve yönlendirmeler var.

Geldiğimiz bu çağda bilinçaltı birileri tarafından sürekli programlanmaya çalışılıyor. Dışarıdan müdahale edilmeye çalışılıyor.

İçinizde sürekli bir iktidar kavgası var: Bedeni kim yönetecek? Siz mi? Nefsiniz mi?

Siz, nefsinizi dengeye alıp kendi özünüzü fark etmeye başladığınızda huzura ulaşmaya başlıyorsunuz.

Peki bu durumu nasıl düzelteceğiz?

Cevap basit: İradenizi güçlendirerek...

İradenizi güçlendirmenin en iyi yolu: Allah'a yönelmek, tövbe etmek, kendinizi ve herkesi bağışlayıp helalleşebilmek, hoşgörü, ibadet etmektir.

Bunun yolu da Allah inancı ve maneviyattan geçer. O duygu, o aşk hali, sizin dünyadaki her şeyin emanet olduğunu anlamanızı sağlar.

Nefsiniz size, "Kıtlık var, her şeyi al!" derken, ruhunuz, "Bolluk içindeyim, güvendeyim..." der.

Küçük bir deneme yapalım...

Şimdi derin bir nefes alıp içinizde 20 saniye kadar tuttuğunuzda sizde nasıl bir duygu başlıyor? Tedirgin olmaya mı başlıyorsunuz? Bir an önce nefesi verip yenisini mi almak istiyorsunuz? Hızlı nefes alıp yavaş mı veriyorsunuz, yoksa yavaş nefes alıp hızlı mı veriyorsunuz? Bu konuda web sitemizdeki nefes teknikleri videosunu izleyebilirsiniz.

Günümüzde insanlar sadece bilinçaltıyla değil, dışarıdan etkilerle de korkutulmaya çalışılıyor. İnsanlara korku salınmaya çalışılıyor. Korku içindeki insanın bilinçaltı alarmdadır. Alarm halindeki insanın cebindeki bütün parayı alabilirsiniz, onu istediğiniz gibi yönetip, yönlendirebilirsiniz.

Artık uyanma vaktiniz gelmedi mi? Yaşadığınız hayatı bunca yıldır yaşıyorsunuz ama daha kendiniz yönetimi devralmadınız bile... Hayatınızı elinize alın ve cesurca yaşayın. Yeter ki helal yoldan olsun!

YAZILIM VE DONANIM!

Allah'ın insana verdiği beden ve içindeki beyni kameralı bir bilgisayar gibi düşünün. O bilgisayarın içinde kendi yaşam deneyimlerinizden bilinciniz oluşmaya başlıyor.

Fakat bizim içimizde bir savaş var: Yaratılıştan bugüne kadar insanın ilkel modu diyebileceğiniz nefsiyle gelişmiş modu diyebileceğiniz ruhu arasında yaşanıyor bu mücadele. Bir yanda bencil davranan, olumsuzlukları gören, sürekli söylenen, her şeyin olumsuzuyla beslenen, hataya iten nefis, diğer yandan huzuru ve dinginliği her zerresiyle yaşayabilen ruhunuz...

İçimizdeki iyi ses ve kötü ses...

İçimizdeki iyi ses, olumlu konuşan ses ruhunuzun sesidir.

Daha çok bağıran, olumsuz konuşan ses ise bilinçaltının vesveseyle işbirlikteliği yaptığı nefsinizin sesidir.

İnsanlık tarihine bir bakın. Kaç yılı barışla geçti? Hep savaş, hep yıkım, hep acı... Dünya üzerinde savaşın, katliamların, kıyımların olmadığı bir dönem hatta bir zaman dilimi neredeyse yok. Tüm dünyanın barış içinde olduğu bir gün oldu mu?

İnsanoğlunun ortak bir bilinci var... Bu ortak bilince

çok fazla olumsuz çok az da olumlu yüklemeler yapılıyor. Dünyayı yönetenler bunun farkında olduklarından, sürekli korku düzeneği ile dünyayı yönetiyorlar. İnsanoğlunun bilincinin yükselmesi için, insanların çok daha üst noktalarda olması gerekiyor.

Huzur titreşiminde olması gerekiyor. Hırsları, öfkeleri, kıskançlıkları olmayan insanları savaştıramazsınız. Huzur içinde, mutluluk içinde olan, akışa güvenen ve anda kalan insanı, başkaları ile savaşmaya, toplu katliamlar yapmaya razı edemezsiniz. Ellerindeki eşyaların eskidiğine ve yenilerini almaları gerektiğine ikna edemezsiniz. Çünkü onlar her zaman Allah'ı anarlar ve şükrederler.

İnsanoğlunun ayağa kalkıp kendini hatırlama vakti geldiğine inanıyorum. İlahi sistemle ve kendiyle barışık olmaya ulaşabilmeli. İşte o zaman ilahi aşkı bulup, yaratılmış her zerrenin içindeki sevgiyi, mutluluk titreşimini görebilir.

Genel olarak baktığımızda, insanlık olarak bugüne kadar güdülmüş duygularımızla geldik. Aileden aldıklarınız, etraftan aldıklarınız... Ne öğrendiysek onları kabullenerek veya reddederek geldik. Size öğretilen birçok yolu uygulamış olabilirsiniz. Çoğunda hep çıkmaz yola girdiniz. Çünkü kendiniz için değil, başkalarını mutlu etmek için yola çıkmadınız... Bunu dengede yapmış olsaydınız şu an sıkıntı içerisinde olmayacaktınız. İmkânlarınızın bir kısmını başkalarına bir kısmını kendinize kullanmalısınız. Fakat siz hepsini başkalarına kullandınız.

Dünyada savaşı, terörü, açlığı, kıtlığı şifalandırmak için, önce içimizi şifalandırmamız gerekiyor. Bizler, kurban neslin kurban evlatlarıyız. Ama bizden sonraki nesilleri toparlamak da bize düştü. Onların lügatinden intikam, öfke, hırs gibi ilkellikleri çıkaracak adımlar atmalıyız. Yerine barış, sevgi ve hoşgörüyü ekmeliyiz. Kadın ve erkeğin birlikte takım çalışması yaparak yollarında ilerlemeleri gerektiğini bilmeliyiz.

Bir çalışan, omuz omuza durması gereken iş arkadaşlarıyla neden rekabete girer? Rakip şirket çalışanlarıyla değil de kendi şirketinin çalışanlarıyla yarışır. Bir çocuk neden okuldaki arkadaşlarıyla rekabete girer?

Çünkü onlara bunun doğru olduğunu bir önceki kuşaklar söyledi. Hep yarışa itildik. Dolayısıyla hayatı rekabetten ibaret saymaya başladık. Önce işyerindeki arkadaşlarımızla rekabete tutuştuk. Hayatı zevkli ve eğlenceli yaşayıp üretmek yerine, kanıtlama çabasıyla enerjimizi ve zamanımızı işe kaptırarak işkolik olduk.

Başarılı olamayacağını anladığı noktada belki başkalarının önüne geçebilmek için kötü yollara başvurmuş bile olabilir. Sonra şirketin başına geçti ve başka şirketlerle rekabete girdi. Olay bu şekilde kişinin yıllar önce yapamazsın ya da yapmalısın diye itici güç olarak verilen enerjisi nötrlenene kadar durmadan çalışacak. Büyük ihtimal bir şeyler elde edecek ama günün sonunda elde ettikleri için harcadığı zamana baktığında büyük bir ziyanda olduğunu fark edecek.

Yan yana iki toplum bile zaman zaman birbirini düşman olarak görebiliyor. Bir topluma, komşu toplum düşman gösteriliyor, o toplumdaki insanlara da bu insanlar düşman... İnsanları kontrol edebilmek için karşılarına bir düşman koymak gerekir. Bir düşmanları olduğu fikri onları meşgul ederken, seçme hakları ellerinden alınsa bile önemsemezler.

Çocuklar büyütülürken, hep başkaları kötülenerek taraf tutmaları sağlanıyor. Sizin köyünüze düşman başka köy varsa, o köyün insanları kötüleniyor. Sizin siyasi düşünceniz neyse diğerlerinin tehlikeli olduğu anlatılıyor. Civar ülkelerden düşman edinilmişse, şu an arada barış bile olsa, o ülkenin insanları kötüleniyor. Olmadı futbol takımlarıyla bunu yapıyorlar. Mezheplerle, kökenlerle... O halde dünyada savaşın olması gayet normal. Bu dünyada aklı başında kaç kişi yetişiyor? Neden yetiştiremiyoruz? Biz kendi zihnimizle uğraşmaktan bunlara daha vakit bulamadık. İlk adımda tuş olduk.

Sorunu en baştan çözmek gerekiyor. Çocukken komşu çocuğu ile matematik rekabetine giren çocuk, otuz yıl sonra hayatına giren herkesle yıkıcı rekabetlere de giriyor. İsterseniz buna "kelebek etkisi" deyin. Yani, dünyanın bir ucunda bir kelebeğin kanat çırpması, dünyanın öte ucunda fırtınaların kopmasına neden olabiliyor...

Çocuğu olan ya da doğacak olanlar, en azından bebeklerine düşmanlık aşılamama bilincine ulaşmalı. Bunda da en önemli rol annelere düşüyor. Kız ya da erkek olsun, bütün çocukları yetiştirenler, temelde anneler, babalar, teyzeler ve bu şekilde devam ediyor. İlk öğretmenler onlar... Annelerin sosyal donanımı, maddi ve manevi donanımı ne kadar iyi olursa, anne ne kadar dengede olursa, çocuk için o kadar iyi. Kendine yetebilen bir anne, çocuklarına da yetebilir. Anne birine muhtaç ise, yaydığı muhtaç enerjisi ile çocuklarına da istemeden bu durumu aşılıyor.

Sevgili anneler, Allah'tan tüm kalbinizle mucizeleri çağırın, gelmesine niyet edin... Yeter ki sizin niyetiniz bütüne hayırlı evlat yetiştirmek olsun. Size bildiğiniz ve bilmediğiniz birçok helal kaynaktan yardım gelmeye başlayacak. ·e bu yük gelmez. O cömerttir, bağışlayıcıdır ve yardımseverdir. Biz yeter ki samimi ve içten olalım.

Birçok anne ya çalıştığı için ya da diğer işlerin yükü omuzlarında olduğu için çocuklarına yeteri kadar zaman ayıramıyor. Çocuklar ise bu boşluğu televizyon ya da teknolojik oyuncaklarla dolduruyor. Bu tehlikeli bir durum, çünkü çocuğun bilinçaltını neyin etkilediğini bilmek de zorlaşıyor. Televizyon yayınından ya da internetten nelere maruz kaldığını bilemiyoruz. Çizgi filmlerin içine bile cinsellik ve ölüm gibi temalar giriyor. Şiddet, ölüm, savaş, otoriteye karşı gelme, çılgın ve tehlikeli şeyler yapma gibi mesajlarla karşılaşıyor çocuklar.

Diğer taraftan hayatın içinde insanlara diyoruz ki:

"Kendinizi Matrix'in dışına çıkarmadığınız sürece, kendi uyanışınızı sağlamadığınız sürece, kimseye faydanız olmaz."

Oysa biz sürekli fedakârlık yaparak durumu kurtarmaya çalışırız. Kalıcı kurtuluş için önce kendinizi kurtarmanız gerekiyor. Dengede olmanız gerekiyor.

İlişkilerde de dengede olmanız gerekiyor.

Dönüp bakın, duygularınız ne âlemde? Beklentili misiniz, işyerinde sürekli zirveye mi çıkmaya çalışıyorsunuz? En ufacık bir laf ya da hareketten hemen parlıyor musunuz, enerjiniz mi düşüyor?

İki türlü zirve var; ya işinizi çok iyi yaparsınız, sizi oraya taşırlar ve yine orada da işinizi iyi yapmaya devam edersiniz ya da gözünüz yüksektedir ve o yeri zorlayarak almaya çalışırsınız.

Bu gereksiz bir yarıştır. İşinizi iyi yaparsanız, koltuk sizin için her zaman hazırdır. Fakat koltuk peşinde olursanız, otursanız bile o koltuk sizi içinde eritir ve siz o koltuğun sahibi değil, koltuk sizin sahibiniz olur.

Kendimi arındırmadan hangi şirkette olursam olayım, patron bile olsam, piyangodan para bile çıksa, bunlardan bana hayır gelmeyecektir. Önce kendimizi arındırmamız lazım.

Affedin, tövbe edin, helalleşin, bağışlayın, yargılamayın, eleştirmeyin, suçlamayın. Bir şeyin daha iyisini biliyorsanız, ötekileri kötülemeden gidip daha iyisini yapın...

Biz hep bildik ama bilmekten bilgeliğe geçebilmek için uygulama lazım. Emek gerek. Bir futbol maçında, siz TV'den maçı izlerken, sizin takımınız golü atamadığı bir pozisyonda, siz kalkıp da ben olsaydım o golü atardım demekten vazgeçin. Herkes oturduğu yerden her şeyi her zaman çözer. Unuttuğunuz bir şey var. Golü atamayan kişi yıllardır sahalarda alınteriyle koşup emek eden bir sporcu, siz de yıllardır o koltukta oturan kişisiniz!

BAĞIMLILIK DEĞİL, BAĞLILIK

İrade ortaya koyabilmek, nefsinin taleplerine direnebilmek ve ruhunun sözlerine kulak verebilmek önemli...

O an içinizden bir şey geliyor ve sizi bir şey yapmaya zorluyor. Bunun nefsinizden mi, bilinçaltınızdan mı, yoksa bilinçli zihninizden ya da ruhunuzdan mı olduğunu bilmelisiniz. Aradaki farkı anlamanız önemli... O an içinde bulunduğunuz durum rahmani mi şeytani mi? Bunu algılamaya başladığınızda, televizyondaki, reklamlardaki, gıda ambalajlarındaki insanların duruşlarındaki yanıltıcılığı görmeye başlayacaksınız.

Bu durumları fark etmek sizi mutsuz edecektir. İllüzyonun içinde mutlusunuz. Oradan çıktığınız için ilk başlarda sudan çıkmış balık gibi olursunuz. Kendinizi başta kötü hissedeceksiniz. Hayatın içindeki illüzyonları fark ettikçe, kendiniz gibileri aramaya başlıyorsunuz. Merak etmeyin yalnız değilsiniz. Dünya uyanmak üzere...

İllüzyondayken neden mutlusunuz? Çalışıyorsunuz, bir miktar para kazanıyorsunuz. Kazandığınızla alışveriş yapıyorsunuz, bitiriyorsunuz, yeniden çalışıyorsunuz...

Çalış, satın al, mutlu ol!

İçinizdeki bütün boşluğu dünya malıyla doldurmaya çalışıyorsunuz...

Tam ve bütün olmaya başladığınızda, yine eşinizi, malınızı, mülkünüzü, çocuklarınızı seveceksiniz ama hepsinin emanet olduğunun farkına vardığınızda, hayata bakışınız değişecek. Bağımlı olmak yerine bağlı olacaksınız.

Şu sorulara yanıt verin lütfen:

Bağımlılıklarınız neler?

Eşiniz size iyi davranmadığı zaman mutsuz mu oluyorsunuz?

Patronunuz sesini yükselttiğinde mutsuz mu oluyorsunuz?

Arkadaşlarınızla aranız iyi değil; onlara çok yardım ettiniz ama ihtiyaç duyduğunuz anda yoklar mı?

Eğer bu sorulara yanıtınız "Evet!" ise, beklentili seviyor olabilirsiniz.

YAKITI NEREDE KULLANACAKSINIZ?

Dualarla, zikirlerle, nefes çalışmaları ve oruçla aslında bir enerji üretiyorsunuz. Beyninizdeki titreşimleri genişletiyorsunuz. Zikirler beyninizdeki kilitli bazı kapıların açılması ve sizde Esma ül Hüsna isimlerinin Allah izin verdiğince, lütufta bulunduğu kadarıyla yansımalarının ortaya çıkmasına yardımcı oluyor.

Genelde kişiler bu açılımları bilmediklerinden, dua ve zikirleri hayatlarına para çekmek için, aşk çekmek için, o anki sıkıntılı durumdan kurtulmak için kullanmayı seçiyorlar. Dua ve zikir ciddi anlamda bir enerjidir. Bu yakıtı nerede kullanacağınıza dikkat edin!

Yakıtınızla dünya nimetleri peşinde koşarken, ruhunuzu Yaradan'a ulaştırmak ve ruhunuzu güçlendirmek için de kullanmanın yollarını sorgulayın. Hayatı sorgulamadan körü körüne hiçbir zaman yaşamayın.

En önemlisi de, hayatın hakikatini anlamaya, hissetmeye, algılamaya ve hazmedebilmeye niyet edin...

Hepimiz bu gezegende doğup, yaşayıp, öleceğiz. Bedensel formumuzun içerisindeyken gerekli enerjiyi, ölüm sonrası yaşam için ahiret kumbaramıza biriktirmediysek vay halimize. Sonu olan bu küçük gezegende tutsak kalabiliriz!

Egomuz bu tür söylemlerde devreye girip bizi dünya peşinde koşturtmaya devam etmek isteyecektir.

Dikkatli olun. Ego batıla kaymayı sever. Ruhumuz her zaman anda ve hakikattedir.

Kuran'ı sevap kazanmaya çalışarak veya korkuyla okumak yerine, Allah'a ulaşma yolunu gösteren, hakikat, anlatan, hem bu hayatta hem de ahiret hayatında bizleri ziyandan uzak tutmaya çalışan yol gösterici bir rehber olarak okursanız içinizde yeni kapılar ve farkındalıklar açıldığını hissedeceksiniz.

Kuran'da her şey gayet açık ve net anlatılmıştır. Bilimin yeni keşfettiği bazı konuların, 1400 yıl önce yazılmış olduğunu görürsünüz.

Evrenin genişletilmesi ve sonra daralacak olması bunun bir örneğidir.

Bilim adamları, "Her madde titreşim yayar..." der. İnancımızda ise, yaratılmış her zerre Rabb'ini anar..." der. Anmaktan kasıt nedir? Maddenin belli bir frekansta daimi olarak titreşmesi mi?

Allah'ı anmak, zikretmek, bir ortamda konuşmak, aslında sizin yaratıcı ile görünmez bir bağ kurmanızdır. İlahi sistemin frekansı ile titreşmektir... İlahi akışa girmeye başlamaktır.

Gerçek huzur, Allah'ı her an anmakla başlar...

İstediğiniz kadar övünebileceğiniz şeye sahip olsanız da, Allah'ı andığınız andaki huzurun yerini hiçbir şey tutmuyor.

"Dua ettiğim zaman kendimi daha huzurlu hissediyorum. Daha akışta hissediyorum. Dua ettiğimde yemeğimi yerken daha güzel tat alıyorum. Sevdiklerimle daha iyi iletişim kurabildiğimin farkındayım..."

Hayata bakış açım eskiye göre neredeyse tepetaklak oldu. Eskiden hırslarım vardı. Garantide olmak isterdim, biriktirmek isterdim. Stok yapmak isterdim. Oysa şimdi sakinim. Her şeyin bir şekilde çözüleceğine inanıyorum.

Başka insanların hayatlarını kurcalamıyorum, açıklarını aramıyorum, merak etmiyorum. Başka insanların zayıflıkları ya da kusurlarını bir başkası ile konuşma malzemesi yapmıyorum. Başkalarının kusurlarını gece gibi örtücü olmaya başladım.

Ailemin bir şekilde benim titreşimimden etkilendiğinin farkındayım. Ben dengede olduğumda ailemin de sakin ve dingin, öfkeli olduğumda da onların da dengelerinin sallandığının farkındayım. Bazen de tam tersi olabiliyor.

İyi anne baba direktifler, emirler, komutlar yerine, kendi hayatıyla örnek olmalı. Çocuğunuza gidip "Ders çalış!" diyorsunuz. Kendi hayatınızı örnek gösteriyorsunuz. Oysa o size bakıyor, sabahtan akşama kadar çalışmış, bitap düşmüş bir anne baba görüyor. Sizi bu halde gören çocuk, "Annem babam gibi olmak istemem" der kuşkusuz. Dolayısıyla derslerine çalışmaz...

Oysa evinize mutlu ve neşeli gelseniz, çocuğunuza zaman ayırsanız, o da sizi örnek alacak, aynısını yapacak ve çalışacaktır.

Çocuklar belli bir yaşa kadar büyüklerine zıt gidip kendi varlıklarını onaylatmak ve göstermek isterler. Bu sebeple çocuğunuzu sevgi ve hoşgörüyle karşılayıp onun büyümeye başladığını kabullenin.

Anne ve baba olmakla birlikte onunla arkadaş da olmaya çalışın.

"Allah'ım ailem sana emanet. Hepimiz sana emanetiz. Hepimiz sana teslimiz. Şükürler olsun."

NASİHAT DÖNEMİ BİTTİ

Nasihat dönemi bitti... Uygulama dönemi yaşanıyor.

Gerçekçi olmak gerekirse, inançlı olduğumda kendimi daha huzurlu, daha mutlu hissediyorum. Yaratılmış her zerre ile iletişimimin daha iyi, yattığımda daha huzurluyum. Allah'a inanmak varlığıma iyi geliyor. Daha hoşgörülü ve barışçıl hareket etmek güzel.

Bedenlerimizi teslim ettiğimizde, ölümden sonra hayatımızın devam edeceğine inanıyorum.

Her zaman zihninizi kontrol edin. Bilinçaltınız mı size yaptırıyor, yoksa siz gerçekten istediğiniz için mi yapıyorsunuz?

İllüzyondan, sizi yanıltan duygulardan çıkmanın yolu, manevi enerjinizi güçlendirmektir.

"Hiç ölmeyecekmiş gibi çalış, her an ölecekmiş gibi ibadet et" denilmiyor.

Allah yolunda çalışmak da bir ibadettir ama tek başına çalışmak bir ibadet değildir. Üretin, yapın, çalışın, şükredin... İbadetinizi de yapın...

MÜZİKLE ZİHNİNİZİ DİNGİNLEŞTİRİN

Nefes çalışmalarında size online internet sayfamızdan dinleyebileceğiniz fon müziklerini sevgiyle paylaşıyoruz: www.nefes21.com

İnternet sayfasındaki dingin bir müziği seçerek aşağıdaki nefes çalışmasını yapabilirsiniz. Sessiz ve rahat bir ortama geçerek rahat bir şekilde oturabilir ya da uzanabilirsiniz:

Burundan yavaşça derin bir nefes alın ve yavaşça verin.

Tekrar derin bir nefes alın ve yavaşça verin.

Piyano çaldığınızı imgeleyin. Tuşlara dokunduğunuzu, parmaklarınızın hareket ettiğini hissedin. Muhteşem bir eser çaldığınızı hissedin. Piyanonun sakinleştirici sesini dinlemeye devam edin.

Sesi hissedin.

Derin bir nefes alın ve yavaşça verin...

Tekrar derin bir nefes alın ve yavaşça verin.

Şunu söyleyin:

"Üretmemi engelleyen bütün blokajları kaldırıyorum... Güzel fikirler üretmemi engelleyen bütün blokajları kaldırıyorum."

Müziği hissetmeye devam edin.

Parmaklarınızın tuşların üzerinde gezdiğini hissedin, dokunun.

Derin bir nefes alın ve huzurlu bir şekilde nefes verin.

"Ben üretken olmayı seviyorum..."

"Zihnimin içindeki tüm olumsuz sesleri, sevgiyle gönderiyorum..."

Piyano çalmaya devam edin. Parmaklarınızın hareket ettiğini hissedin.

Muhteşem bir şekilde piyano çaldığınızı hissedin. Bütün vücudunuzun ürperdiğini, enerji dolduğunuzu hissedin. Yapabildiğinizi hissedin.

Şimdi içinizdeki küçük çocuğa doğru ilerleyin ve yanınızda olduğunu düşünün. Sizin çocukluğunuz, sizinle birlikte piyano çalıyor.

Ona, "Yapabilirsin..." deyin. "Başarabilirsin... Sana inanıyorum küçük çocuk... Sen yeteneklisin."

Onunla birlikte piyano çalmaya devam edin. Onun gözlerinin içindeki ışıltıyı, kalbindeki heyecanı hissedin.

Çocukluğunuzla birlikte piyano çalıyorsunuz.

O küçük çocuk, sizden bir şeyler öğrenmenin heyecanıyla çok mutlu. Size, bir şeyler öğrettiğiniz için teşekkür ediyor...

Nefes alın...

Dengedesiniz.

"Şükürler olsun Allah'ım... Ben üretken bir çocuğum. Piyano çalmayı seviyorum..."

Derin bir nefes alın ve şu an büyük bir konser salonunda olduğunuz hissedin. Binlerce kişi sizi izliyor.

Ve siz yanınızdaki küçük çocukla birlikte binlerce kişiye piyano çalıyorsunuz. Hissedin...

Parmaklarınızın oynadığını, enerjinizin yükseldiğini hissedin.

Salonda sizi dinleyen herkes, anneniz, babanız, hayatınıza giren ve çıkan herkes, tanıdığınız ve tanımadığınız bütün atalarınız oradalar... Size büyük bir mutlulukla bakıyorlar.

Onları sevgiyle selamlayın.

"Atalarım sizi seviyorum. Sizin sayenizde hayattayım..."

Müziği içinizde hissedin. Atalarınızın sizi coşkuyla izlediğini, onların da sizi selamladığını hissedin.

"Atalarım, sizi seviyorum... Atalarım, size teşekkür ediyorum..."

Piyano çalmaya devam edin.

"Allah'ım şükürler olsun. Geçmişte bilerek ya da bilmeyerek isyan ettiysem, özür ve af dilerim. Bilerek ya da bilmeyerek kalp kırdıysam, özür ve af dilerim. Bilerek ya da bilmeyerek birilerini yargıladıysam, özür ve af dilerim... Sevgili atalarım sizden de özür ve af dilerim... Ve hepinizin huzurunda mutlu olmayı seçiyorum. Huzurlu olmayı seçiyorum. Sağlıklı olmayı seçiyorum. Dengedeyim... İçimdeki küçük çocuk yanımda ve sevgiyle yoluma devam ediyorum..."

Derin bir nefes alın.

"Şükürler olsun..."

Derin bir nefes alın.

"Hayatımdaki her şeyi seviyorum..."

Piyano çalarken parmaklarınıza bakın ve seslenin:

"Sevgili parmaklarım, sizi de seviyorum. Allah'ım, bana verdiğin beden için teşekkür ediyorum."

Derin bir nefes alın.

"Şükürler olsun, güvendeyim..."

Küçük çocukla piyano çalmaya devam edin. Küçük çocuğun keyfi yerinde, sizinle birlikte...

"Yıllardır içime bastırdığım bütün olumsuz duygularımı sevgiyle gönderiyorum. Yutkunduğum bütün öfkeleri sevgiyle gönderiyorum. Ben üretken olmayı seçiyorum. İçimdeki güzellikleri özgürce, sevgiyle üretmeyi ve paylaşmayı seçiyorum... Yapabilirim. Başarabilirim... Bu dünyada ben de varım... Bu hayatta ben de varım... Beni engelleyen bütün korkularımı sevgiyle gönderiyorum. Endişelerimi sevgiyle gönderiyorum. Beklentilerimi sevgiyle gönderiyorum. İnsanları dinlerken tepki vermek yerine onları anlamayı seçiyorum. İletişim kurmayı seçiyorum... Ben güvendeyim, sevdiklerim güvende... Güvendeyim... Sevdiklerim güvende... Kendimi ertelemekten vazgeçiyorum."

Derin bir nefes alın.

"Atalarım, sizi seviyorum... Ve hepinizi sevgiyle selamlıyorum."

Küçük çocukla birlikte piyano çalmaya devam edin.

Küçük çocuk size teşekkür ediyor:

"Bütün blokajları kaldırdığın için sana teşekkür ediyorum. Beni tekrar hatırladığın için teşekkür ediyorum. Çocukken yarım bıraktığın bütün hayalleri tamamlamaya niyet ediyorum. Allah'ım bir tek senden yardım dilerim, bana olmam gereken kişi olabilmemde yardımcı olmanı niyet ediyorum..."

Şimdi, piyano çalarken parmaklarınızı hissedin. Yaradan'a dua edin.

"Allah'ım, atalarımdan bana ve soyuma gelen bütün

olumsuz bağları, senin nurunla kesmen için niyet ediyorum. Tüm olumsuz bağlar sevgiyle kesilsin."

Nefes alın...

"Ve ben kendimi bağışlıyorum. Hayatımdaki herkesi bağışlıyorum. Atalarımı bağışlıyorum... Hepsinden özür ve af diliyorum..."

Derin bir nefes alın...

"Şükürler olsun..."

Piyano çalarken, salondaki bütün atalarınızın huzur içinde ışığa doğru ilerlediğini hissedin. Hepsi size teşekkür ediyor onları onurlandırdığınız için...

Küçük çocuk artık sizin içinizde... Onunla bir bütünsünüz.

Piyano çalarken, sevgiyle kaynağa bağlandığınızı hissedin. O muhteşem ışığın içine girin, sizin sevginizle ve aşkınızla yapılan dualarla, bu gezegendeki kırık bütün kalpleri şifalandırdığını hissedin; umutsuz bütün yüreklere dualarınızın umut olduğunu hissedin... Savaşların, intikamların, bütün olumsuzlukların, öfke dolu kalplerin Allah'ın nuruyla merhametle dolup taştığını hissedin. Dua edin, bütün yürekler ilahi aşkı tatsın.

Şimdi niyet edin:

"Bütün kalpler öfkeden, nefretten, kinden, intikamdan Allah'ın nuruyla arınsın... Allah'ım, bu gezegenin, yaratılmış her zerrenin, bu boyutun ve bütün boyutların, âlemlerin sevgi ve aşkla şifalanmasına, senin nurunla, merhametinle, cömertliğinle, bağışlayıcılığınla şifa bulmasına niyet ediyorum..."

Enerjinizin bütün kâinatta sevgi ve aşkla dolaştığını hissedin.

Yapabilirsiniz...

Hakikate ilerleyin. Alınganlıklarınızı bırakın. İçinizdeki öfkeyi bırakın. Artık size ait değiller...

Derin bir nefes alın, "Bağışlıyorum... Kendimi bağışlıyorum. Hayatıma giren çıkan herkesi bağışlıyorum... İçime attıklarımı sevgiyle gönderiyorum... Anne seni affediyorum, baba seni affediyorum. Anne ve baba, size kötü davrananları da affediyorum. Herkesi affediyorum.

Rabb'imin sevgi ve merhameti, bütün âlemlerde her zaman için şifa olsun...

Hissediyorum... Kalbimdeki huzuru hissediyorum. Aşkı hissediyorum... Ve beklentilerimi sevgiyle şifalandırıyorum... Bu dünyada ben de varım... Duygularımı ifade etmeyi seviyorum. Haklı çıkmak yerine, barış içinde olmayı seçiyorum."

Derin bir nefes alın ve yavaşça verin...

"Piyano çalarken, kilitlediğim bütün duyguları serbest bırakıyorum. İçimdeki bütün blokajları kaldırıyorum. Şu andan itibaren bütün bağımlılıklarımı bırakıyorum. Mutluyum... Kabuldeyim..."

Derin bir nefes alın... Yavaşça verin.

Yeniden derin bir nefes alın ve yavaşça verin.

Şimdi sesinizin bütün dünyaya ulaşmasını niyet ederek tekrarlayın:

"Ben kendimi affediyorum. Kendimi bağışlıyorum. Doğduğum günden bugüne beni üzen, hakkımı yiyen herkesi bağışlıyorum. Kendi iyiliğim için bağışlıyorum. Ben kendimi affediyorum. Canımı yakanları affediyorum. Anne seni affediyorum. Seni üzenleri de affediyorum. Baba seni affediyorum, seni üzenleri de affediyorum. Yargıladığım herkesten özür diliyorum. Bilerek ya da bilmeyerek ürettiğim bütün olumsuz enerjilerin şifalanması için Rabb'imden yardım istiyorum... Her kime kötü niyette bulunduysam, onlardan da özür ve af dilerim. Şu andan itibaren Allah'ım beni bağışla, bana merhamet et, beni ve soyumu bağışla... Sevdiklerimi bağışla. Hepimizi bağışla. Bir tek senden yardım diler, bir tek sana kulluk ederiz. Şu andan itibaren kalbimdeki tüm öfkeleri, sevgiyle şifalandırıyor, şu andan itibaren anlayışlı olmayı seçiyorum. Haklı çıkmak yerine, çözüm bulmayı seçiyorum."

Derin bir nefes alın.

"Şükürler olsun."

Derin bir nefes alın.

"Şükürler olsun."

Derin bir nefes alın.

"Kabuldeyim..."

Derin bir nefes alın.

"Dengedeyim."

Derin bir nefes alın.

"Niyet ediyorum bu yaptığım çalışma bütün herkese ulaşsın. Yaratılmış tüm âlemlerde ve boyutlarda Rabb'imin sevgi ve merhameti, bizlerin duası her yere ulaşsın."

Derin bir nefes alın.

"Şükürler olsun."

Derin bir nefes alın.

"Şükürler olsun..."

Derin bir nefes alın.

"Kabuldeyim."

Derin bir nefes alın.

"Mükemmeliyetçiliği bırakıyorum."

Derin bir nefes alın.

"İnatçılıklarımı bırakıyorum."

Derin bir nefes alın.

"Dengedeyim..."

Piyano çalmaya sevgiyle devam edin.

Hayatınıza giren ve çıkan herkese teşekkür edin. "Asla affetmeyeceğim!" dediğiniz kişileri bile affedin. Herkes bize bir şey öğretti. Zor da olsa tek tek onlara teşekkür edin.

"Dersimi aldığım için kendime de teşekkür ediyorum... Teşekkür ediyorum. Sizin sayenizde uyanmaya başladım. Size teşekkür ediyorum. Bana çarpmasaydınız, uykuda olmaya devam edecektim. Teşekkür ediyorum. Benimle aynı sahneyi paylaştığınız, beni uyandırmaya çalıştığınız için, teşekkür ediyorum.

Geçmişte bana yapılan bütün kötü davranışları, tacizleri, her ne başıma geldiyse, hepsini affediyorum. Bunların hiçbiri beni değersiz kılmaz. Ben Rabb'imin huzurunda her zaman saf ve temizim. Değerliyim, yeterliyim. Doğal halimle güzelim. Bu dünyada ben de varım... Allah'ım, beni sen yarattın ve şimdi bunu sevgiyle yaşamayı seçiyorum..."

Nefes alın.

"Şükürler olsun..."

Şimdi avuçlarınızı ovuşturun. Avuçlarınız ısınsın. Vücudunuzda şifalanmasını istediğiniz yere koyun.

"Allah'ım, mucize şifanla bedenimi ve ruhumu şifalandır" niyetini yapın.

Derin nefesler alın ve verin...

"Rabb'imin mucize şifası sevgiyle bedenime akar."

Avuçlarınızın ısındığını hissedin.

"Değerliyim. Geçmişi affettim. Beni kıranları, üzenleri, aldatanları, yalan söyleyenleri, hakkımı yiyenleri bağışlıyorum. Hazmedemediğim bütün olayları şu andan itibaren hazmediyorum... Hazmediyorum ve gönderiyorum. Tam ve bütün olmayı seçiyorum. Şükürler olsun... Üretici olmayı seviyorum. Üretken olmayı seviyorum. Allah'ım şükür ve hamd ederim..."

Yavaşça derin nefes alıp verin.

Yavaşça gözlerinizi açın.

Gözlerinizi açtıktan sonra tamamen sessiz kalın.

Sadece sessizlik...

Zihninizde de sessiz, kendiniz de sessiz...

"Şükürler olsun..."

Nefes alıp, yavaşça verin.

"Hakikati bulmaya niyet ediyorum... Ve herkesin doğrusuna saygı duyuyorum. Şükürler olsun..."

DUALAR DEĞİŞİRKEN

İnsanlar dua ederken genelde ahiretle ilgili konuları hızlı geçiştirip, dünya işleriyle ilgili duaları daha uzun tutarlar. Hayatınızda ilk olarak bunu dengeye almaya başlayın. Denge çok önemli! Kimse dünya hayatından kopup da sadece ahirete yönelmemeli ya da sadece dünyayla ilgilenip ahireti terk etmemeli. Her ikisinde de dengede kalabilmeye niyet etmeli.

Kendi hayatıma dönüp baktığımda da babamın vefatıyla başlayan süreçte oldukça zorlandım, dengelerimi yitirdim.

Çok sevdiğiniz biriyle aranızda büyük bir iç hesaplaşma ve pişmanlıklar getiriyor beraberinde.

Ben babamı erken yaşta kaybettim.

"Beni neden bırakıp gittin baba? Daha güzel günler görecektik birlikte..." diyerek günlerce sitem ettiğim oldu.

Pek çok insan sevdiğinin onu bırakıp gitmesinden dolayı kırgındır. Kabullenemez.

Giden gider ama biz arkada kalanlar onların gitmesine bir türlü izin vermeyiz. Herkesin sonsuza kadar yanımızda olmasını isteriz. Oysa biz de dahil hiçbir şey sonsuz değil yeryüzünde.

Bazen ummadık anlarda ya sevdiklerimizi kaybederiz ya da elimizden maddi kayıplar çıkar. Kaybettiğimiz her şeyin haksızlık olduğuna inanırız. Bu kayıpları bize karşı bir adaletsizlik olarak görürüz. İsyan etmek için nedenlerimiz vardır artık... Bize verildiğinde teşekkür ederiz ama bizden alındığında isyan başlar...

Belki bu kayıplar da aslında bizim hayrımızadır. Hiç düşündünüz mü? Belki tutunduğumuz şey, uzun vadede bizi ziyana götürecekti. Belki uzun vadede kazandığımız mal mülk, şan şöhret ve mevki yüzünden Rabb'imizi unutacağız...

Bu durumda da tabii ki yine ego devreye girer:

"Ben unutmam Rabb'imi!"

Ego konuşmaya başlamışsa çoktan unutmuşsundur zaten.

Kişiler kendi çıkış yollarını, kendi içlerine yapacakları yolculuklarla bulabilirler. Bunu artık başlatın. Sizi sizden başka hiç kimse kurtaramaz. Bu yüzden, bir an önce oturun ve hayatınızı ciddi anlamda gözden geçirin.

Hayatınızın ne kadarını "Affetmeyeceğim, bağışlamayacağım!" ya da "Ona hesap soracağım!" isyanları ve serzenişleriyle, öfke içinde geçirdiniz? Sizce bu duygularla geçen her anınız ziyanda değil mi? Peki, hayatınızın bundan sonrasını nasıl geçirmek istiyorsunuz?

Artık başkalarının sizi motive etmesine ihtiyacınız yok. Başkalarının sizi cesaretlendirmesine ihtiyacınız yok.

"Allah'ım ne olur, senin dışındaki tüm yollardan beni uzak tut! Sana sığınırım, sana güvenirim, bir tek sana kulluk ederim ve senden yardım dilerim. Geçmişte her kimi sana havale ettiysem, onlardan da özür dilerim. Onlar görevlerini yaptılar ama ben uyanmak yerine şikâyet etmeyi seçtiğim için özür ve af dilerim. Şu andan itibaren sabahtan akşama içimde konuşan vesveselerden de sana emanetim. Hakkımı helal edemediğim herkese hakkımı helal ediyorum. Dünyada sana ulaşabilmenin yolunun, Kuran yolu, peygamberimizin sünnetlerinden, huzurdan, ibadetten, helalleşme, koşulsuz sevgiden geçtiğinin farkındayım. İlmimi genişletmeye, öğrenmeye, senin yolunda hayırlı işler yapabilmeye niyet ediyorum. Doğru ile yanlışı ayırt edebilmeye niyet ediyorum. Bana verdiğin bedene iyi bakmaya ve ruhumla bir bütün olmaya niyet ediyorum. Huzurlu bir bedenle, sağlıklı bir bedenle, bedenimin ve ruhumun uyum içinde olabileceğinin farkındayım. Beni her iki cihanda da senin yolunda eyle. Her iki cihanda da hayırlara ulaşmamda bana yardımcı ol. Şeytanın her türlü vesvesesinden, göz boyamasından, yanıltmasından sana sığınırım Allah'ım. Ben ve sevdiklerim sana emanetiz."

Dua etmekten daha önemlisi, inanmaktır!
Hayatımın her anında Allah'a şükrediyorum.

"Ya Rabbim,
yarattığın tüm güzelliklerde sanatını görmek
büyük nasip."

Gökte uçan kuşu, toprakta çatlayan tohumu gördüğümde, şükrediyorum... Zihin vesveseyle birlikte, yaratılmış güzellikler yerine, olumsuzluklara odaklanıp enerjimizi tüketmeyi hedefliyor. Dikkatimizi Allah'tan ve eserlerinden uzak tutuyor. Oyuna gelip gelmemek tamamen kendi elimizde.

Aldığım her nefese şükürler olsun.

"Şükürler olsun Allah'ım bana verdiklerin için; şükürler olsun benden aldıkların için..."

Hiç düşündünüz mü? Allah'ın bizlere bahşettiği güzelliklere şükrediyoruz da aldıklarına neden etmiyoruz? Belki almasaydı, başımıza dert açabilir veya bizi Allah yolundan uzaklaştırabilirdi.

Dua ederken, olumsuz niyette bulunmayın. "Onlara hadlerini bildireceğim, yapacağımı bilirim" gibi öfke ve nefret dolu duygulara kapılmayın. Her zaman herkesin hayrına dua edin.

Her ne dua ediyorsanız, o duanız bütünün hayrına olsun çünkü siz de bütünün bir parçasısınız.

"Allah'ım bana verdiğin bu hayatın en güzel şekilde kıymetini bilmeyi ve senin yolunda ilerleyebilmeyi nasip eyle. Maddi ve manevi, beni bu yolda destekle. Sana şükür ve hamd ederim. Ruhumu sana en hayırlı şekilde, sevgiyle ulaştırabilmem için her şeyin en hayırlısıyla beni buluştur..."

BİLEN İLE BİLMEYEN HİÇ BİR OLUR MU?

Hayatta öğrendiğim en önemli şey, ne yaparsanız yapın ama sadece ALLAH rızası için yapın. Böylece kimseden karşılık beklemediğiniz için, üzülmezsiniz. Bilirsin ki siz size düşeni yaptınız ve huzurlusunuz.

Her zaman Allah rızası için adım atın ki ALLAH'a teslim olabilmeye başlayasınız. Allah asla sözünden dönmez. Yaptığımız iyiliklerin de, kötülüklerin de karşılığını bu cihanda ya da öte yolculuğumuzda mutlaka verir.

İlahi adalete her zaman güvenin. Size yapılan kötülüklerin bedelini ilahi adalete sığınarak beklemeyin. Kötülük edenler için bile olsa kötülük dilemek ya da beklemek doğru değildir.

Her insanın sırtında bir kumbara vardır, kimininki boş, kimininki dolu... Yaptığı iyiliklerin karşılığını insanlardan bekleyenlerin kumbaraları maalesef deliktir.

Bedensel dünya sürecinizde beklentilerinizle, endişelerinizle, kontrolcülük, öfke, kin ve nefret duygularınızla yaptığınız seçimlerinizde çıkmaza girdiğinizi görün. Her zaman şeytan Allah yolu üzerinde bekler ve bizlerin Allah'a ulaşmamızı engellemek için elinden geleni yapar. Sizin bütünün hayrına proje niyetleriniz varsa, bir anda etrafınızdaki insanlar karışır, özellikle iradesi zayıf olanlar anlamsız sorunlar çıkarır ve sizin dikkatinizi dağıtıp bütüne hizmet için gecikmenize neden olur. Allah yolunda yürümeniz ve hizmet vermenizin geciktirilmesi şeytan ve farkında olmadan ona hizmet edenlerin gizli bir çalışmasıdır. Vazgeçmeniz için şeytan tarafından ortam sağlanır. Siz siz olun bütünün hayrına projelerinizi hayata geçirdikten sonra anlatın. Anlattığınız birçok fikrinize ya nazar değer, ya da bir şeyler musallat olup bozulur, yavaşlar, bereketi azalır ya da hiç olmaz... Uyanık olun. Etrafınızdaki kişiler ne yaparlarsa yapsınlar, siz yaşam enerjinizi korumaya ve yükseltmeye devam edin.

Niyetiniz temiz ve bütünün hayrına bir yoldaysanız, Allah'a ve mucizelerine gönülden inanarak dua ettiğinizde, sizin için gök yarılır, zaman durur, dağlar bile yerinden oynar. Allah için hiçbir şey yük değildir. Biz sadece doğru duayı, doğru zamanda, doğru amaç için edelim.

Allah'ın mucizeleri yağmur damlalarından çoktur...

ŞİMDİLİK SON SÖZ

Bilinçaltımız etrafımızdaki insanların telepatik düşünceleriyle, geçmişten gelen olumsuz yaşanmışlıkların enerjileriyle, subliminal mesajlarla sürekli etkileşim içerisindedir.

Bu verilerden etkilenen ve bizden altı saniye önce karar veren bir bilinçaltımız kendi içerisindeki etkileşimleriyle seçimlerini bize sürekli dayatıyor. İlkel denilebilecek isteklerini yerine getirelim diye bizi sürekli zorluyor. Ruhumuz ise aslında yapılması gerekenleri sürekli içimizde hissettiriyor.

İçinizden bir şeyi yapmak geldiğinde, bir düşünün. Gerçekten yapılması gereken mi yoksa egonuzun isteği mi?

Eğer içinizden bir şeyi yapmak gelirken, yanlış olduğunu bilerek vazgeçiyor ve kendinize hâkim olabiliyorsanız, iradenizi ortaya koymuşsunuz demektir.

İrade, canınızın o an arzu ettiği ile hayırlı olan arasındaki farkı bulabilmektir.

İradeniz güçlendikçe, bilinçaltından gelen isteğe "Dur!" ya da "Devam et..." demeye başlarsınız. İradenizi ise arınmak ve maneviyatınızı güçlendirmeyle artırabilirsiniz. İşin bütün sırrı burada...

Nefsimiz geçmiş, gelecek endişeleriyle sürekli bizi "an" dışında tutup yönetiyor. Her şeye alınıp, kırılıp tepkiler veriyoruz. Birçok yapmamız gereken şeyi dikkatimiz başka yerde olduğu için ya yapamıyoruz ya da fark etmiyoruz.

Nefsinizin hükümdarlığından kurtulmanız gerekir. Size kötü şeyler yaptırıyorsa, gözyaşı döktürüyorsa, bağımlı kılıyorsa, sürekli üzülüyorsanız, acı çekiyorsanız, nefsiniz sizi yönetiyordur. Sakin, huzurlu, dengeli, ilahi akışa yönelmişseniz, ruhunuzla hareket ediyor ve dengeye geliyorsunuz demektir.

Bu kitapta kendimde ve binlerce kişide gördüğüm, yaşam amacımızdan bizleri uzaklaştıran olayları elimden geldiğince paylaşmaya çalıştım. Şeytanın hilelerini ve nefsimizle yaptığı işbirlikteliğini fark edebildiğim kadarıyla anlaşılır bir dilde yazdım.

Endişelerle, beklentilerle, korkularla, aşk yaralarıyla, doğru kişinin gelmesini beklemeyle ve daha pek çok dünyasal olaylarla bugüne kadar yeterince oyalandık.

Şimdi kendimize gelme ve toparlanma vakti. Geçmiş yaşandı ve bitti. Affedemediğimiz herkesi affettik. Her ne iş yapıyorsak yapalım, her kime yardım ediyorsak edelim, karşılık beklemeden bir tek Allah rızası için yapmayı seçiyorum. Elimden gelenin en iyisini yapıyorum, kendimi başkalarına ispat etmek zorunda olmadan.

Başkaları sizi açık yollardan ya da enerji boyutundan bir şekilde etkiler ama sonuçta iş sizde biter. Hatırlayın ki sizi kimse değiştiremez. Siz açık kapılarınızı şifalandırdıkça, niyetinizi temiz tutup Allah'a teslim oldukça her zaman güvendesiniz.

Kendinizi her zaman gözden geçirebilmeniz, hayatınızda farkındalığı uygulayabilmeniz, anda kalabilmeniz, akışa güvenebilmenizi niyet ediyorum. Bu kitapta yazanlar sadece benim kendi gözlemlerim ve deneyimlerimdir. Sizinkiler farklı olabilir. Saygı duyarım.

Hepimizin doğrusu farklı lakin hakikat tektir. Her şeyin en doğrusunu bir tek Allah bilir.

Allah'a emanet olun. Hepimiz aynı gemideyiz, yanınızdayım ve başaracağınıza inanıyorum.

Bülent Gardiyanoğlu

BÜLENT GARDİYANOĞLU
BÜLENT GARDİYANOĞLU
Her Şey Hakikati Görmekle Başlar
Bir tekâmül yolculuğu...
Bülent Gardiyanoğlu
'KADIN' Olmayı Hatırlamak
BÜLENT GARDİYANOĞLU
2 TAM BİR TEK
Hayalinizdeki aşk'a giden yol
BÜLENT GARDİYANOĞLU
EVRENİN İLAHİ DİLİ
'Uyanış'
Herkes yeni bir başlangıcı hak eder!
www.nefes21.com
/bgardiyanoglu
Türkiye - Almanya - Belçika - Kıbrıs - Avusturya - Fransa - Hollanda - Fas - İsviçre